岩 波 文 庫

32-709-4

パ ロ マ ー

カルヴィーノ作
和 田 忠 彦 訳

岩 波 書 店

PALOMAR

by Italo Calvino

This Japanese edition published 2001
by Iwanami Shoten, Publishers, Tokyo
by arrangement with The Estate of Italo Calvino,
c/o The Wylie Agency (UK) Ltd, London
through The Sakai Agency, Tokyo.

目　次

カルヴィーノから読者へ

部、章、節に使われている数字は、単に順番を表わすだけではなく、どの節においても、三種類の主題領域を表わしている。三種類の経験や探求が割合を変えながらも、この本のページすべてに現われている。

1は、一般的に〈視覚による経験〉を表わし、ほとんどいつも自然の形態を主題とする。テクストは記述の形式をとる。

2では、人類学的もしくは広義の文化的要素が現われてくる。ここで語られる経験は、視覚的条件以外に言語・意味・象徴をも含む。テクストは物語ふうである。

3は、より思索的な経験を扱っている。宇宙・時間・無限、自我と世界との関係といった世界にかかわっている。読者は記述や物語から瞑想の世界へと導かれる。

この作品は、縦に読むだけでなく、各部・章・節の同一数字ごとに横に読むという方法で楽しむことも可能である。（訳者）

I パロマー氏の休暇

I・1　浜辺のパロマー氏

I・1・*1*　波のレクチュール

海がかすかにさざめき、小さな波が砂浜に打ち寄せる。パロマー氏は浜辺に立ち、波を眺めている。我を忘れて波に見とれているわけではない。自分のしていることを充分わきまえている以上、我を忘れているわけではない。波をひとつ眺めようとして眺めているのだ。見とれているわけではない。見とれるのに適した性格や精神状態、それに外的状況がうまく重なり合う必要があるからだ。理論上は見とれることに何も反感を抱いていないのだが、パロマー氏には、この三つの条件がどれひとつとして整っていないのである。ともかく、かれが眺めようとしているのは《複数の波》ではなく、ひとつの波、それだけだ。曖昧な印象は避けたいから、一つひとつの行為について精確に限定された対象をひとつ、あらかじめ設定するわけだ。

パロマー氏の眼に、遠くにひとつ波が現われるのが映る。大きくなって迫りながら形と色を変え、逆巻き、砕け、消滅し、ふたたび海にもどっていく。この時点で、自分の意図した作業は達成されたと確信して、その場を立ち去ることもできるだろう。だが、波をひとつ採りだして、それをすぐ後から押すように追いかけ、時には追いつき巻き込んでしまう波から分離するのは、かなり厄介なことである。同様に、岸に向かって引っぱるように見える先行する波から分離することも、やがてこの波が制止するかのごとく引き返してこないかぎり困難である。さらにもしそれぞれの波を、岸と平行に横幅でとらえてみても、追ってくる正面がどこまでひろがりつづけるのか、そしてどこで分離して、速度も形も勢いも方向も異なる別々の波に細分化されるのかを見定めるのはむずかしい。

要するに、ひとつの波を、それを形成するのに力を貸す複雑な諸要素とその波が生ぜしめる同じくらい複雑な諸要素とを考慮に入れずに観察することはできないのである。これらの要素が絶え間なく変化するために、ひとつの波はもうひとつの波と常に異なることになる。だが、どの波も、たとえすぐ隣やうしろの波でなくても、どれかもうひとつの波と同じであることも事実である。つまり時空間において不規則に配分されてはいても、反復される形と系列は複数存在するということだ。このときパロマー氏がしようと考えていることは単純にひとつの波を《見ること》、つまり同時に発生するひとつの波の構成要素をひとつも見逃すことなくすべて捉えることだから、かれの視線は、それまで捉えたことのない様相を記録できるまで、浜辺に打ち寄せる海水の動きにじっと注がれることになる。そして水の姿が反復されているのに気づけばすぐに、自分が見たいと望んでいたものを残らず見たと悟って、切りあげるはずだ。

パロマー氏は鬱屈した狂気の世界を活きる神経質な男だから、なんとか自分と外の世界との関係を縮小し、いわゆる神経衰弱症にかからないようにできるだけ自分の感情を抑えようと努める。

波の隆起が迫ってきて、他のどこでもないある一点で迫《せ》り上がったかと思うと、そこから白い返し波が起こる。これが浜辺からある程度離れたところで起こるとき、その間に波の泡は、渦巻いて呑み込まれるようにふたたび消えたその瞬間、今度は下から頭をのぞかせ、やって来る波をむかえに縁をさかのぼり、一枚の白い絨緞《じゅうたん》となってふたたび一面にひろがってゆく。けれど波がその絨緞の上を転がっていくのを期待していると、気がついたときには、もう波の姿はなく、絨緞だけが残っている。そしてその絨緞もすぐに消え、波に洗われた砂のきらめきに姿を変える。だがそのきらめきも、うねった境界線をひろげながら膨張してくる光沢のない乾いた砂に押し戻されるかのように、素早くひいていく。

このとき同時に、波の正面の凹部を考慮に入れる必要がある。そこで波は両翼に分かれ、一方は右から左へ、他方は左から右へと、それぞれ浜辺に向かってくる。この分岐や収斂の起点とも到達点ともなるのが、両翼の前進を追いかけていく、この負の先端なのだ。だがこの先端は、もっと強い波に追いつかれないかぎり、絶えずはるか後方の位置を維持し、両翼が交互に重なり合うのに任せている。追いついた波も分岐か収斂かという同じ問題を抱えているが、それも後から来たさらに強い波に打ち砕かれ、解消してしまう。

波が描く模様に倣って、浜辺は海の中に、干満のたびに現われては消える潮の流れのような、かろうじてそれとわかる先端をひろげ、それが砂の浅瀬までつづいている。パロマー氏が観測地点として選んだのは、そうした浅い砂州のひとつである。そこなら波が二か所に斜めに打ち寄せるから、半分海に浸った地表を越えた波はもう一方に辿りついた波と鉢合わせすることになる。それゆえひとつの波がどのようにつくられるか理解するためには、この逆方向の力を考慮する必要がある。この力はある程度まで拮抗しながら、互いに相手の力を吸収した後、きまって訪れる泡の氾濫のなかで力も逆の力も残らず砕け散る。

パロマー氏は、今度は観察領域を限定しようとする。たとえば岸と海とにそれぞれ十メートル四方の正方形を想定してみると、そこである一定の時間間隔を置いてさまざまな頻度で反復される波の運動の一覧表ができあがる。厄介なのは、この正方形の境界線を定めることである。たとえば、近づいてくる波の盛り上がった線を自分からいちばん離れた辺だと考えてみる。その線はかれに近づくにつれさらに盛り上がり、背後にあるものをすっかりかれの眼から隠してしまう。すると検討中の空間が転覆すると同時に押し潰されることになる。

いずれにしてもパロマー氏は落胆することなく、どんなときでも観測地点から自分の眼で捉えられることは洩らさず見ることができたと信じているのだが、後になって必ずそれまで考えもしなかった何かがひょっこり顔を出す。これが、視覚操作によって完璧な最終結果に辿りつこうとするかれの性急さのせいでないとすれば、波を眺めることはかれにとってとても心の休まる訓練であり、かれを神経衰弱や心筋梗塞や胃潰瘍から救ってくれることなのかもしれない。そしてもしかしたら世界の複雑さを至極単純な組織に還元し、世界を掌中におさめる鍵になるかもしれない。

しかしそうしたモデルを規定しようとするなら、砕ける波に垂直で岸とは平行に、突然長大な波が現われ、どこまでも低く続く波頭を運んでいく点について、必ず整理しておく必要がある。浜辺に向かってもつれる波しぶきも、この小さくまとまった波頭の一糸乱れぬ突進を妨げはしない。その波頭はどこからかやって来て、波しぶきを直角に横切り、またどこかへ向かっていく。たぶん、一陣の東風が、沖の大きな水の塊から生じる激しい風圧で海面を横殴りに動かしているのだろう。しかし風から生まれたこの波は、移動しながら水から生まれた斜めの圧力をも拾い集め、方向を転換させ、同じ進行方向に従えていく。そうして勢力を増し膨張しつづけていくのである。やがて、反対に向かう波と衝突を繰り返すうちに、力が徐々に殺《そ》がれ、ついには姿を消してしまう。あるいは力を歪めて、おびただしい斜めの波のどれかに紛れて、浜辺にもろともあたって砕けるのである。

ひとつの局面に注意を集中していると、そればかりが眼について全体の構図が浸食されてくる。絵のなかにも、眼を閉じただけで、次にふたたび眼を開いてみると構図が一変してしまうものがあるが、それと同じことである。いま、あちこち方向を変えながら波頭が交錯するなか、全体の構図は、現われてはすぐ消える幾つもの四角形に寸断されている。もうひとつ、返し波にも突発的な波を遮るだけの力がある点も考えに入れておかなければなるまい。そこで、この後退の力に注目していると、ほんとうの運動は岸から起きて沖に向かうのだと思えてくる。

パロマー氏が今まさに辿りつこうとしている真の結論は、もしかしたら、逆方向に波を走らせ、時間を逆流させ、慣れ親しんだ感覚や精神の彼方にある世界の真の本質を垣間見せてくれるものかもしれない。いや、軽いめまいを感じるようにはなったけれど、それだけだ。岸に向かって波を押す根気強さが勝ちを譲ったのである。事実、波はどれも相当大きくなっている。風向きが変わろうとしているのだろうか。気をつけないと、パロマー氏が細心の注意を払ってなんとか寄せ集めたイメージが粉々に砕け散って台無しになってしまう。あらゆる局面を同時に頭に入れておくことができて、はじめて彼は作業の第二段階を開始することができるのだ。その認識を宇宙全体に敷衍するのである。

忍耐を失わないようにさえすればよいのだ。きっと遠からずそのときはやって来る。

パロマー氏は浜辺に沿って遠ざかっていく。苛立っているのはやって来たときと同じだが、さっきよりもっと、あらゆることに自信を持てなくなってしまった。

I・1・2　あらわな胸

パロマー氏は人気ない浜辺を歩いている。めったに海水浴客に出会うことはない。若い女がひとり、砂浜に寝そべって、胸もあらわに日光浴をしている。つつしみ深い男性であるパロマー氏は、水平線の方に視線をそらす。こうした状況で見ず知らずの男が近づいてくると、たいてい女たちはあわてて体を覆い隠そうとする。それは、あまり恰好のいいものではないだろう。心静かに日光浴をしていた女性にしてみれば迷惑な話だし、そこを通りかかる男性には自分が邪魔者に感じられるからだ。裸はタブーだという約束事が暗黙のうちに承認され、中途半端に尊重されることで、かえって反応のなかに自由でのびのびしたものより、不安定で矛盾したものを膨らませてしまうからである。

そこでかれは、遠くの方にピンク色がかった褐色をした女性の上半身が浮かび上がってくるのを目にしたとたん、急いで顔をそらし、あらぬ方をみつめつづけることで、ふたりを取り囲む見えない境界を礼儀正しく尊重していることをはっきり示そうとする。

「だが」進みながらかれは考える。水平線がすっかり見渡せるようになったとたん、ふたたび眼球は自由に動きはじめることになる。「自分は、こうして見ることを拒んでいるふりをして、つまり結局は自分も、胸を見ることが非合法だと考えるしきたりを強化することになってしまう、さもなければ視界の端にとらえられたまばゆさゆえに、その胸の眺めは爽快で心地よく思えたのだ。要するに、自分がみつめないということは、自分がそのあらわな姿体を想像して、気をもんでいることが前提になっている。だからこれも結局は不謹慎で反動的な態度であることに変わりはない」

散歩からの帰り道、パロマー氏はまたさっきの女性の前を通りかかる。けれど今度は、じっと自分の前方を見すえたまま、視線は一貫して冷静に、引いてゆく波の泡、引き上げられ渚に並ぶ船、砂浜にひろげられたスポンジのマットレス、褐色の乳暈に透き通るような肌をしたはちきれそうな月、空に向かって灰色にもやいだ浜辺の輪郭などを素早くかすめてゆく。

「ようし」歩みを進めながら、自分に満足したかれは考える。「うまくいったぞ。胸は完全に風景に溶けこんだし、自分の視線もカモメか鱈の視線ぐらいの重みしか持たなかった」

「だが、こんなふうにすることが、ほんとうに正しいのだろうか？」かれはなおも考える。「もしかしたら、モノのレヴェルに人間を平均化し、人間をひとつのモノとみなすこと、さらに悪いことには、モノを人間における女性特有のものだとみなすことではないのだろうか？　ひょっとしたら長年のあいだに常習的な横柄さに染まって、男性優位という旧弊な習慣をいつまでも保ちつづけているのではないだろうか？」

かれは振りかえって、もと来た道を引き返す。今度は、公平な客観性をもって浜辺に視線を走らせながら、女の胸が視界に入ったとたん、なにかぎくしゃくとして横にそれるような、ほとんど跳びはねるようにするのが見てとれるような態度をとる。視線はぴちぴちした肌をかすめるまで突きすすみ、かすかな慄きをもって、その眺めの異質な手ごたえと眺めが獲得する価値とを賞賛するかのように、ふたたび後退する。そして一瞬、宙空をさまよい、ある程度の距離をおいて、胸の隆起がぼんやりと、しかし何かから身を護ろうとでもするかのように描く曲線をなぞる。それから何事もなかったようにふたたび視線は流れていく。

「これで自分の立場は充分にはっきりした」とパロマー氏は考えた。「誤解される余地もないだろう。だが、この視線の滑空は結局のところ、優越感のあらわれ、胸の存在とその意味との過小評価、いずれにしても胸を片隅に隔離して遠ざけることだと考えられるようなことはないだろうか？　そうだ、自分はこうしてまた、セックス・マニアのとり澄ました態度と色欲という罪悪によって、何世紀にもわたって押しこめられてきた薄暗がりの中に胸を追いやろうとしている……」

こうした解釈は、パロマー氏のとびきりの善意に反することになってしまう。裸の女性の胸を見れば親密な肉体関係を連想するような分別ざかりの世代に属しているとはいえ、ともかくもこうした風俗の変化には好意をもって接している。それは、その変化が社会における、より開放的な精神の反映を意味するものだからであり、別けてもこうした眺めがかれには嬉しいものだったからである。これこそかれが視線で表現できればと考える無関心の励ましなのである。

かれは回れ右をする。確かな足取りで陽射しの下に横たわっている女のほうへ、なおも移動してゆく。いま、かれの視線は、風景をあやうげにかすめながら、ことさら慎重に胸の上で停止することになるだろう。だが、すべてのものに対する慈愛と感謝の発露に急いでそれを巻き込もうとするだろう。たとえば太陽と空に対して、弓なりの松林と砂丘と岩肌と雲と海草に対して、そしてあの後光の差す尖った先のまわりを巡る宇宙に対してもそうであるように。

ひとりで海水浴を楽しんでいる女性をすっかり安心させ、見当はずれの推測を一掃するにはこれで充分なはずだ。けれどかれがまた近づいたとたん、女は弾かれたように立ち上がり、体を覆い、息をはずませながら、好色な男の度を過ぎた執拗さから逃れるかのように、苛立たしげに肩をすくめると遠ざかっていった。

風俗紊乱という廃れたはずの伝統の重みのせいで、せっかくの最高に啓発的な意図が正当に評価されなかったのだ、パロマー氏は苦い思いで結論を下した。

I・1・3　太陽の剣

　陽が傾くと、海は反射光を放つ。水平線から、無数のきらめきが波打ちながらまぶしいひとつの点になり、浜辺まで押し寄せてくる。きらめきときらめきの合間を縫って、淡く暗い海の青が網膜をよぎる。白い舟の群れは逆光で黒くなり、その輝く小さな点に呑み込まれたように濃度とひろがりを失う。

　のんびり者のパロマー氏がいつものように夕方のひと泳ぎを楽しむのは、そんなときだ。水につかり、岸を離れると、太陽の反射光が水のなかで、水平線からかれのところまでのびるきらめくひとふりの剣になる。パロマー氏は剣のなかを泳ぐ、いや、むしろ、剣はどこまで行ってもかれの前にあって、かれがひとかきするたびに掻き消えてしまうから、けっしてとらえることはできない、と言うべきかもしれない。かれが手を伸ばせば必ず、海は薄い夕闇の色をまとい、背後の浜辺までひろがってゆく。

　太陽が日没に向かって傾いていく。白く輝く反射光は金色になったり赤銅色になったりする。するとパロマー氏が移動した場所では、きまって、その黄金色に輝く鋭角三角形の頂点がかれになる。剣がかれの後を追うと、かれは太陽を軸にもつ時計の短針に見える。

「これは、太陽がわたしだけにくれる特別の贈り物なのだ」と、パロマー氏は考えてみることにする。いや、そうするのは、かれのなかに住む自己中心的で誇大妄想気味の「私」なのだ。

だが、同じ肉体のなかに共生している、しょげた、というか、自虐的な「私」が異を唱える。

「眼がついてさえいれば誰だって自分の後を追いかけてくる反射光が見えるじゃないか、精神と感覚の幻想の虜であることから逃れることなんてできやしないさ」

穏健派の「私」が口をはさむ。「つまりは、いずれにしても、わたしは、太陽光線との関係を決定し、知覚や幻想を解釈し評価する能力を具えた、感じ考える主体の一部なのです」

この時刻に西に向かって泳げば誰でも、自分に向かって進んでくる光の帯が、腕を伸ばした地点のほんの少し向こうで消えるのに出合う。一人ひとりが自分の反射光をもっているわけだ。その方向は本人だけに示され、本人と一緒に移動していく。反射光の両側では海の青さが深くなる。

「これが、誰にも共通する、たったひとつの幻覚ではない事実、闇なのだろうか?」

パロマー氏は自問してみる。

だが、この剣は各人の視線を等しく引きつけるし、そこから逃れる術はない。

「共有するとは、まさしく各人に自分ひとりだけのものとして与えられることをいうのだろうか?」

ウインド・サーフィンが海の上をすべる。この時刻に陸から吹く風を斜めに突っ切っていく。直立した人影が帆の下桁を弓を射るように両手をいっぱいにひろげて支えると、帆ははちきれそうに大気をはらむ。反射光を横切るとき、色とりどりの帆は、それを包みこむ黄金色のただ中で、やわらいで見え、影になった肉体の輪郭は夜の闇の中に分け入っていくようだ。

「こんなことが起きるのは、海の上でもなければ、太陽の光の中でもない」

パロマー氏は泳ぎながら考える。「そう、わたしの頭の中で、眼と脳とを結ぶ回路で生じていることなのだ。わたしは今わたしの頭の中を泳いでいるのだ。太陽の剣が存在するのは、そこしかない。わたしを惹きつけるのは、まさにこの点なのだ。これは、わたしにとって欠くことのできない、ともかくもわたしが認識しうる唯一の要素なのだ」

だが、かれはこうも考える。

「剣に手は届かず、常に眼の前にあるわけだから、剣はわたしの内部に共存しているはずはないし、わたしが泳いでいるのは、その剣ならぬ何ものかのなかということになる。わたしに剣が見えるのであれば、わたしは剣の外部にいて、剣は、相変わらず外部にあることになってしまう」

水をかく腕の力が、疲れで、おぼつかなくなってきた。ということは、かれの思考全体が、反射光のなかを泳ぐことの快感の高まりに反して、それを台無しにしつつあるわけだ。快感のなかで、限界やら、過失やら非難やらをかれに感じさせるのだから。しかも、なにか逃れ難い責任感すら感じさせる。ただかれがそこにいるという理由だけで、剣は存在するのだ。もしかれがそこを立ち去れば、もし海水浴客全員が浜辺に引き揚げるか、太陽に背を向けるかすれば、剣の先はどこに向くのだろうか？　解体する世界のなかでは、かれが救いたいと願うものがもっとも壊れやすいのだ。かれの眼差しと沈みゆく夕陽とのあいだに架かる海の橋が。パロマー氏はもう泳ぐ気がなくなった。寒いのだ。だがかれは泳ぎつづける。今となっては、陽が姿を消すまで水の中にいることがかれの義務なのだ。

そこでかれは思う。「わたしが反射光を見て考え、そして泳ぐのは、一方の端にその光線を放つ太陽があるからだ。肝腎なのは、この事実の起源だけなのだ。わたしの視線が支えきれない何ものかとは、この日没という衰弱した形態にほかならない。あとはすべて、わたしを含めた無数の反射光のなかで反射しているだけなのだ」

ヨットが一隻、まぼろしのように過ぎてゆく。突っ立った人影がまぶしい岩影をかすめてゆく。

「風がなければ、ビニロンと、人間の骨と筋肉と、ナイロンの帆脚索とがぐるになって仕掛けたこのワナも役に立ちはすまい。本来の目的と意図とを備えたかにみえる小舟に仕立て上げるのは、風なのだ。風だけが、サーフボードとサーファーの行方を知っているのだ」と、かれは思う。

あらゆる原因を解明しうる原理を確信することで、疑い深いばらばらの「私」を消すことができたら、どれほど心が安まることだろう。それは、行為や形態の起源となる唯一絶対の原理？　それとも、一定数の明確な原理、一瞬ごとに、ただひとつ姿を現わし世界にひとつのかたちを与え、交叉しあう力の方向なのか？

「……風と、それに海もだ、わたしやサーフボードのように海面に浮かび漂う固体を支える水の塊も」

じっと仰向けになってパロマー氏は考える。

逆転したかれの視線は、今度は、漂う雲の群れや、雲に覆われた森の丘に注がれている。かれの「私」も、基本原則に逆転が生じる。青い炎、あわただしく動く大気、水がゆりかごなら、大地はその支柱になる。これが自然というものだろうか？　しかし、かれに見えるものは、どれひとつ自然な存在ではない。太陽は沈まないし、海は海の色をしていない。ものの形は光が網膜に投影するものだ。手足の不自然な動きによってかれは太陽スペクトルのなかに浮かんでいるのだ。不自然な姿勢の人間の輪郭が、体重を移動させるために利用するのは、風ではない、風と人為的装置と角度の幾何学的抽象作用なのだ。それによってなめらかな海の表面をすべっていくのだ。自然は存在しないのだろうか？

パロマー氏の泳ぐ「私」は、解体した世界のなかに沈んでいる。力の場の交叉点、ベクトル曲線、収束し拡散し屈折する直線の束。しかしかれの内部では、すべてがそれとは別の在り様のまま残存している。なにか、もつれのようでもあり、血塊のようでも、閉塞部のようでもある。ありうるかもしれないが実際には存在しない世界のなかで、確かにここにいるのに、いないのかもしれないという感覚があるのだ。

波頭がひとつ静かな海を波だたせる。モーターボートが一隻、油をまき散らし、平たい腹で跳ね上がりながら、視界に飛びこんできて走り去る。ナフサの油膜で玉虫色をした反射膜が水面下を漂いながらひろがってゆく。まぶしい太陽の光にはないその物質的堅固さは、人間という肉体存在が描く軌跡によって揺らぎはしない。走り去った跡に、燃料廃棄物や燃えカスやらをまき散らし、自分のまわりで生と死とを混ぜ合わせ膨らませてゆくのだ。

「これがわたしの棲み家なのだ」と、パロマー氏は思う。

「是非の問題ではない。なにしろ、この中でだけわたしの存在は可能となるのだから」だが、この地上での一生の運命がすでに定められているのだとしたら？　死への傾斜があらゆる回復の可能性よりも強くなっているのだとしたら？

おおきな波頭がひとつ、岸に打ち寄せ、砕け散る。そこには、砂と小石、海草や細かな貝の破片しかないようにみえるのに、波が引くと、後には、空缶、果物の種、避妊具、死んだ魚、プラスチックの瓶、こわれたサンダル、注射器、油カスで黒くなった銅線などが姿を現わす。

モーターボートの波にさらわれ、漂うゴミの大波に転覆させられて、パロマー氏自身もまた、突然、漂流物に混じって自分もひとつの漂流物だと感ずる、無数の墓地からなる大陸のゴミ捨場と化した浜辺に転がる一個の死体だと。もし、死者たちのあの硝子球のような眼球のほかに、この地球上では二度と眼球は開かれないのだとしたら、剣が輝きを取り戻す日は二度と訪れないだろう。

よく考えてみれば、こうした状況は、何も目新しいものではない。すでに、何世紀も何百年もにわたって、太陽の光は、その光をとらえることのできる眼球が存在する以前から、海面上に注がれてきたのだ。

パロマー氏は潜って泳ぐ。顔を出してみると、そこには、剣が！　かつて、眼球がひとつ、海面に顔をのぞかせたとき、以前からそこでその出現を待ち構えていた剣は、ついに、鋭い剣先のほっそりとした美しさと、まばゆいばかりの輝きを誇らしげに見せることがかなったのだ。それは、剣と眼球とが互いに互いを生ぜしめたのだ。そしておそらく、眼球の誕生が剣を生んだのでも、その逆でもない。なぜなら、剣にとって、頂点で自分を見つめる眼球の存在は不可欠のものだったのだから。

パロマー氏は、自分が不在の世界に思いをめぐらす。かれが生まれる前の荒廃した世界と、かれの死後のはるかに暗い世界とを思う。無数の眼が、ありとあらゆる眼が生まれる以前の世界を思い描こうとする。そして、未来を、大災害によってか、あるいは緩慢な崩壊によってなのか、盲目と化した世界をも想像してみようとする。その世界では、一体、どんなことが起きる(起きた・起きようとしている)のだろうか? そのとき、ちょうど一条の光の矢が太陽から放たれ、おだやかな海に反射して、かすかなさざ波の下できらめき、物は光に染まり、生命の織物のなかでひと際鮮やかにみえ、そして、ふいに、ひとつの眼が、いや、無数の眼が、増殖し、ふたたび生き生きとしてくる……

サーフボードは、もうみんな岸に引き揚げられ、寒さに震える――パロマーという名の――最後の海水浴客も水から揚がる。剣は、自分がいなくても存在しつづけることをかれは確信しているのだ。ようやくタオルで体をふきおえたパロマー氏は、家路につく。

I・2　庭のパロマー氏

I・2・*1*　亀の恋

中庭に亀が二匹。雄と雌。ガチャ！　ガチャ！　甲羅がぶつかりあう。恋の季節だ。パロマー氏は隠れて様子をうかがう。

雄が脇から雌を押し、歩道の少し高くなったところまで転がしていく。攻撃に抵抗しているのか、雌はなにやら億劫らしく、自分では動こうとしない。体の小さい雄のほうが積極的だ。雄のほうが若いのかもしれない。繰り返し後方から雌にのしかかろうと試みるのだが、雌の甲羅の背が傾斜しているせいですべり落ちてしまう。

今度は、どうやら正しい位置に落ち着いたらしい。休み休み規則正しく体を押しつけている。一撃ごとに人の叫び声にも似たあえぎがもれる。雌は前脚を平たく地面につけるように伸ばしているせいで、尻が持ち上がっている。雄は頸を前に突き出し、雌の甲羅に前脚でつかまり、口を開け身をのりだしている。甲羅同士の場合、厄介なのは、どこにも前脚がひっかからないために、相手につかまる方法がないことだ。

今度は雌が逃げ、雄がそれを追いかけている。雌のほうが素早いわけでも、断固逃げようとしているわけでもない。雄は雌をひきとめようと、前脚を、それもかならず同じ前脚を軽く何度も嚙む。雌は抵抗しない。雌が動きを止めるたびに雄はのしかかろうとする。だが雌がちょっと前進すると、雄はすべり落ち、ペニスを地面に叩きつけてしまう。ペニスの長さはかなりのもので、鉤状になっていて、いってみれば、そのおかげで雄は互いの甲羅の厚さや取る位置が悪くて離れてしまうにしても、雌をとらえることができるわけだ。こんなふうに突撃を繰り返したところで、そのうちいくつが首尾よくいって、いくつが失敗に終わるのか、いくつが単なる遊びや見世物なのかはわからない。

夏の中庭は殺風景で、片隅にあおいジャスミンがあるだけだ。そんな庭の中を、追いかけたり逃げたり、前脚ならぬ甲羅でガチャガチャとくぐもった音を立て小競り合いを繰り返しながらぐるぐるまわる、これが求愛行動なのだ。雌がジャスミンの茎のあいだに忍びこもうとしている。それで姿が隠れると思っているのだ――それとも、そう思わせたいのかもしれない。だが、そうするのが、実際には、身動きしようにも逃げ場もなく、雄に釘づけにされるいちばん確実な方法なのだ。こうなると今度は雄のほうがペニスを首尾よくおさめられるか怪しくなってくる。しかし、今度は二匹とも物音も立てずただじっとしている。

交尾する二匹の亀はどんな気持ちなのだろう、パロマー氏には想像もつかない。冷静に目を凝らし観察してみる。相手は二台の機械、交尾プログラムを組み込まれた二台の電子仕掛の亀だとでもいうように。甲皮のかわりに、金属の骨格に金属片のペニスだとしたら、エロスとは何なのだろうか？　だが、わたしたちがエロスと呼ぶものも、もしかしたら、わたしたちの肉体という機械に備わる少しばかり複雑なプログラムのことなのかもしれない。というのも、皮膚細胞の一つひとつ、肉体組織の分子一個一個から記憶がメッセージを集め、それらを視覚によって伝達される刺激や想像力によってかきたてられる刺激と組み合わせることによって増幅させるからなのだろうか？　違いはといえば、連動する回路の数だけではないか。わたしたちの受信器からは何十億もの回線がはりめぐらされていて、それが感情や状況や、人間関係のコンピューターに連結していて……エロスとは、頭脳が電子的に交錯しながら展開するひとつのプログラムなのだ。

しかし頭脳も皮膚であることに変わりはない。触れられ、見つめられ、記憶される皮膚なのだ。では、感覚の無い器《い》れ物に閉じこめられている亀はどうなのだろう？　感覚的刺激の貧しさは、ひょっとしたら激しく濃密な精神生活を否応なく亀に強いるのかもしれない、なにか透明な内面認識をもたらすのかも……もしかしたら亀のエロスは絶対的な精神の規律に従っているのかもしれない。それに対してわたしたちはといえば、作動の方法もわからない機械の虜なのかもしれない。停止や故障を繰り返す制御のきかない無意識的動作に身を任せる主体なのかも……

　亀のほうが、自分のことをよく理解しているのだろうか？　十分ほど交尾してふたつの甲羅は離れる。雌は前に、雄は後ろにと、ふたたび草叢をぐるぐるまわっている。雄はさっきより距離を置いて、時折、一本の脚で雌の甲羅に爪を立てては軽くその背中にのせようとするが、たいして本気ではない。二匹はジャスミンの下に戻ってくる。雄が雌の足を軽く噛む、それも決まって同じところを。

I・2・2　クロウタドリの口笛

パロマー氏にはこんな幸せがある。存分に鳥の歌声の聞こえる土地で夏を過ごすことだ。

デッキ・チェアに寝転んで「仕事をしている」(実際、かれにはもうひとつ幸せなことがある。どうみても休んでいるとしか言いようのない場所や態勢ででも仕事をしていると言えることだ。もっとも、八月の朝、木蔭に寝転んでいるときでさえ、けっして仕事をやめるわけにいかないということになれば、これは罰を受けていると言ったほうがよいのかもしれない)。すると、枝影に隠れた小鳥たちがかれのまわりで実に多彩な音色の一大競艶を繰りひろげ、むらのある荒削りの異様な音響空間の中にかれを包みこむ。だが、さまざまな音色同士のあいだには、ある均衡が保たれている。音色のどれかひとつが他より強すぎたり頻繁に聞こえたりすることはなく、すべての音が、ハーモニーならぬ軽やかさと透明感に支えられ、そろって一本の均質な縦糸を織り上げる。それは、一日の暑い盛りに、いつも決まって蟬たちが休みなくやかましい槌音で時空間を占領したあと、おそろしいほど夥しい虫たちが、あたりの音に絶対的な支配を確立するまで続くのである。

鳥たちの歌声はパロマー氏の聴覚のなかで変わりやすい部分を占めている。背後の静寂を構成する一要素として敬遠することもあれば、心を集中してひと声ひと声を聞き分け、複雑になる一方の分類に当てはめようとすることもある。鋭く短いチチというさえずり、長短二音のさえずり、短く震えるツグミのさえずり、キョッキョッというアトリのさえずり、高音から低音へと流れるようにきてピタッと止む鳴き声、くるくると同じ抑揚を繰り返す鳴き声、そして震えるようなさえずり等々。

もうすこし整然とした分類にパロマー氏が行きつくことはない。一声聞けばそれがどの鳥のものかわかるといった類いの人間ではないからである。そういう自分の無知をかれは何か罪のように感じている。新しく人類が獲得しつつある知識は、口頭による直接伝達でだけ伝播され、一旦失われれば二度とふたたび手に入れることも伝えることもできない知識を償うものではないのだ。幼いとき、鳥たちの歌声に耳を澄まし、飛ぶ様に目を凝らしていると、その場ですかさず誰かが鳥たちの名を教えてくれる、そんなふうにしてしか学べないことを教えてくれる書物などありはしない。これまでパロマー氏は、命名や分類の正確さを崇拝することよりも、音や色の変化や形の組み合わせを定義するという、あやふやな正確さを絶えず追い求めてきた。だが今のかれなら逆の選択をするだろうし、鳥たちの歌声に呼びさまされた思考の流れに素直に従えば、かれの人生は機会を逸することの連続だったような気がしてくる。

どんな鳥の鳴き声に混じってもすぐそれとわかるほど目立つのがクロウタドリの口笛である。クロウタドリは午後遅く二羽でやってくる。つがいにちがいない。前の年と同じやつなのだろう。毎年、この季節になると姿を現わすのだ。午後になると決まって、自分の到着を知らせようとする人間の口笛みたいな二音からなる呼び声が聞こえてくる。パロマー氏は顔を上げ、自分を呼ぶ相手をさがしてあたりを見まわす。そのあとでクロウタドリの時刻だと気がつくのである。素早くかれは姿をとらえる。ほんとうなら二本足に生まれつくのが神の思し召しだとでもいうように草の上を歩きまわりながら、人間の真似をするのを楽しんでいるようにみえる。

クロウタドリの口笛には特徴がある。人間の口笛、それもあまりうまくはない人間がやむをえず精一杯鳴らす口笛、続けて鳴らす気のないひと吹きだけの口笛にそっくりなのだ。きっとやさしく耳を傾けてもらえると信じているかのように、はっきりと、だが耳やわらかにつつましく鳴る口笛と同じなのである。

すこし間を置いて口笛は繰り返される――同じクロウタドリでなければ、その連れ合いのものだ。だがいつも、ふとはじめて口笛を鳴らそうという気になったとでもいうように、掛け合いのときでも、応えがかえる前にはそのつど長いこと考える間が置かれる。それでも対話にはちがいない。でなければ、クロウタドリはそれぞれが相手に向けてではなく、自分のために口笛を鳴らすのだろうか？　そして、いずれにしても（相手もしくは自分に対する）応答になっていて、いつも同じなにか（自分の存在、種や性やテリトリーへの帰属）を確認しているのだろうか？　たぶん、このたったひとつの言葉が価値をもつとすれば、それは、この言葉が長い沈黙のあいだも忘れられることなく、口笛となって相手の嘴《くちばし》から繰り返されるからかもしれない。

それとも、対話全体が相手に「俺はここにいる」と告げるためのもので、休止の長さは、この言葉に、いわば「俺はまだここにいるぞ、相変わらずね」とでもいうような、「まだ」の意味を付け加えるものなのかもしれない。するとメッセージの意味は口笛のなかにではなく、休止のなかにこめられているのだろうか？　クロウタドリが交す会話は沈黙のなかにこそあるのだろうか？（この場合、口笛は「この文終わり《パッソ・エ・キウード》」の文句のように、句読点の記号でしかない）ひとつの沈黙は、別の沈黙と同一としか思えないけれど、百通りもの異なる意志を表現できるのかもしれない。ひと吹きの口笛だってそうかもしれない。対話は可能なのだ、沈黙によっても、口笛ででも。問題はお互いが理解し合うことだ。もしかしたら他の誰かを理解するなんて誰にもできないのかもしれない。クロウタドリはそれぞれが自分にとって大事な意味内容を口笛に込めたと思いこんでいても、それは自分だけにしかわからないのかもしれない。相手は自分が言ったこととは何の関係もない何かを返すのかもしれない。これは耳の不自由な人同士の対話だ。始めも終わりもない会話なのだ。

だが人間同士の対話がこれとは別物だと言えるだろうか？　庭にはパロマー夫人の姿もある。オオイヌノフグリに水をやっているところだ。

「ほうら」と夫人が言う。

間のびした（夫がすでにクロウタドリを見つめているのを薄々感じとっているのかもしれない）ような、でなければ（夫はまだみつけていないのかもしれない）理解しがたい言葉である。ともかくクロウタドリの観察に関しては自分に優先権があると念を押すつもりなのか(なにしろクロウタドリを最初に発見して、かれらの習性を夫に知らせたのは、実際、彼女のほうだったのである)、これまで何回となく彼女が記録してきたかれらの出現の確実性を強調しているつもりなのかもしれない。

「しっ」パロマー氏は言う。

表面上は、妻が大きな声を出してかれらを驚かせないように(パロマー夫妻の存在にも話し声にも慣れっこになってしまったクロウタドリのつがいにしてみれば余計な心配を)するためだが、本心はといえば、彼女よりはるかに自分のほうがクロウタドリに熱心なのだと示してみることで、妻の優位に異議を唱えるためである。

するとパロマー夫人が言う。「昨日やったばかりなのに、また乾いてしまって」

これは、いま水をやっている花壇の土を指しているわけだから、それ自体無意味な伝達である。だが、話をつづけ話題を変えることで、自分が夫とはくらべものにならないくらい、クロウタドリと気楽で気のおけない間柄にあるのを示そうとしているのだ。いずれにしても、こんなやりとりのなかからパロマー氏は漠然とした安心感を得るのであり、その点では妻に感謝しているのである。今のところ、これといった心配事は何もないと彼女が保証してくれるおかげで、かれは自分の仕事(あるいは擬似労働、もしくは過剰労働）に没頭していられるのだ。一分ほどやりすごしてから、かれのほうも、仕事（あるいは中間労働、もしくは超越労働）がいつも通り進行していることを妻に知らせるべく、何か安心感を与えるようなメッセージを投げかけようとする。そのためにかれは、しきりに鼻をならしたり咳払いをしたりする。

「……いかんな……それでもだ……最初から……そうとも、ばかげてる……」

全体をつなぎ合わせると「ぼくはとても忙しいのだ」というメッセージをも伝えることの発言は、先ほどの妻の言葉に、「あなたも少しは庭に水をやることぐらい気にしてくれたっていいじゃないの」といった類の軽い非難がこめられている場合に備えてのものである。

こんな言葉のやりとりの前提となっているのは、夫婦間の意思疎通が完璧なら、くだくだその場で事細かにすべてをはっきりさせなくても相互理解は可能だという考え方である。しかしながら、このふたりの場合、この原則はかなり変則的に適用されている。パロマー夫人は完全な文で表現をするが、それが往々にして暗示的というか謎めいているのは、夫の精神的参加の迅速さと、自分と夫との思考の一致（これは必ずしも常にうまくいくわけではない）とを試すためなのだ。パロマー氏のほうは、ぼんやりとした心の中のひとりごとからポツリポツリ言葉が音になって浮かび上がってくるのにまかすことにしている。それが完全な意味を明示しないまでも、気持ちの濃淡ぐらいは表わしてくれると楽天的に構えているのだ。

ところがパロマー夫人は、そんなつぶやきをまともな話として受けとめようとはせず、そんな気がないのを強調するかのように、声をひそめてこう言うのである。

「シッ……！　鳥がびっくりするじゃないの……」

静かにしろと文句を言うのは当然自分のほうだとばかり思っていた夫に、制止の言葉を浴びせることで、自分がいちばんクロウタドリに注意をはらっていることを改めて確認しているのだ。

こうして自分の有利な立場をはっきりさせると、パロマー夫人は立ち去ってゆく。草をついばんでいるクロウタドリは、きっと、パロマー夫妻の対話も自分たちの口笛と同じものだと思っているにちがいない。口笛しか吹けないほうがどれだけましだろう、とかれは考える。そのほうが、人間の行動とそれ以外の世界との矛盾に常に悩まされてきたパロマー氏にとっては、はるかに明るい見通しが開けるというものだ。だからかれには、人間とクロウタドリの口笛が同じだということが、奈落に投げかけられた一本の橋のように思えるのである。

もし人間がふだん言葉に託していることすべてを口笛に委ね、クロウタドリが、言葉にならないその習性を残らず口笛で語ったとしたら、そのときこそ、第一歩が印されるにちがいない。分離を埋めるための……だが、何と何との分離なのだろう？　自然と文化だろうか？　沈黙と言葉？　言語で表現しうる以上の何かを沈黙がはらんでいればいいのに、とパロマー氏はいつも思う。いったい言語表現は、存在するものすべてが目指す到達点なのだろうか？　それとも、有史以来、存在するものすべてが言語表現だったのだろうか？　ここまで考えると、またパロマー氏には悩みの種が生まれる。

クロウタドリの口笛に注意深く耳を傾けた後で、かれはできるだけ忠実にそれを繰返してみる。かれのメッセージは念入りに調べる必要があるとでも言いたげに、あやふやな沈黙が後につづく。それから同じ口笛がこだまする。パロマー氏には、それが自分への返事なのか、それとも、似ても似つかないかれの口笛などお構いなく、何事もなかったかのようにクロウタドリが仲間同士の対話を再開した証なのかがわからない。

口笛を鳴らし、かれとクロウタドリのあやしげな問答はつづく。

I・2・3　はてしない草原

パロマー氏の家のまわりには草原がある。草原があって当然といった場所ではない。だから草原といっても、自然の生物つまりは雑草から成る人工的なものである。この草原の目的は自然を表現することにあるが、その表現が成立するのは、場所という本来の自然に、それ自体は自然だが、その場所との関係からいえば人工的な自然が取って代わるからである。要するに金がかかるのだ。際限のない出費と労力がこの草原には必要なのだ。種まき、撒水、施肥、害虫駆除、草刈、何をやるにしてもである。

草原は、ハマヒルガオとホソムギ、それにシロツメクサからできている。それが均等に混ざるように、この土地に種をまいたのである。地面を這う、ちっぽけなハマヒルガオは、すぐに他を圧倒してしまった。一面に広がる丸くてやわらかな小さな葉の絨緞は、踏み心地もいいし、眺めもいいものだ。しかし、草原に量感を与えているのは、まばらすぎたり、刈り込みもされずに伸び放題でもないかぎり、槍のように尖ったホソムギの葉である。シロツメクサは、気まぐれに顔をのぞかせている。こちらに二かたまり、あちらは皆無、ずっと向こうは一面海のよう、といった具合である。てっぺんにあるプロペラ状の葉の重みで、そのきゃしゃな茎がたわみ、ぐにゃぐにゃになるまでは、たくましく生長する草なのだ。

ブルルッ、耳をつんざくような音を立て草刈り機が草を刈り込んでいく。刈り取られたばかりの干し草のやわらかな匂いが大気を酔わせる。刈り揃えられた草は、頑なだった幼い頃を思い出す。だが、鋸刃が通ると、草の薄くまばらな所や黄色の染みがあちこちに顔をのぞかせ、草原が途切れとぎれなのがわかる。

草原がそれらしく見えるためには、緑が一面にひろがっていなければならない。それが、自然の意志に従った草原が当然たどりつく不自然な結果なのである。タンポポが一本、びっしりと重なりあったギザギザの葉の柄を地面にぴったりはりつかせている。茎を引っぱれば、それだけが手元に残って、根っこのほうは地中にしっかりと残ってしまう。うねるように手を動かして全体を取ってから、丁寧にひげ根を土から抜かなければいけないのだ。さもなければ、隣から押し入ってきた草につぶされかかっているヒョロヒョロの葉身を土くれの中からつまみ出す必要がある。その後で、またその場所に根をおろしたり、種をまき散らすことのないように、この邪魔者を捨てるわけだ。手はじめにカモジグサを一本抜いてみると、すぐ、ちょっと向こうに一本、もう一本また一本と顔をのぞかせているのが目にはいる。結局、ちょっと手を加えるだけで済むかに見えたその草の絨緞の裾野が、実は、密林の無法地帯であることが明らかになる。

後に残るのは雑草ばかりなのだろうか？　もっと悪いのは、善良な草に隙間なく絡みついているせいで、手を突っ込んでも悪者の草が抜けないことである。どうやら、種をまいた草と野生の草とのあいだに、なにか複雑な了解が形成されているらしい。出自の不公平からくる障害を緩和するとか、破壊も止む無しと黙認するとかいったようなものが。自生の草にも、それ自身は、まったく意地が悪そうでも、ずる賢くもなさそうなのもある。では、それを正当に草原に所属する草の数のうちに迎え入れ、栽培している草の仲間に加えてやらないのは何故なのか？　それが、「英国式草原」を捨て、やがては荒れ放題の「田舎風草原」へと後退することにつながる道だからである。「早晩こうした選択を迫られるときがくるはずだ」とパロマー氏は思うのだが、それではかれの自尊心が許さないような気がする。キクヂシャが一本、ルリチシャが一本、かれの視界に飛びこんでくる。かれはそれらを引っこ抜く。

もちろん、雑草をあっちで一本、こっちで一本と引っこ抜いたところで何の解決にもなりはしない。「正しい手順はこうあるべきなのだ」とかれは考える。「草原の一画を取り上げる、一メートル四方でいい、そして、シロツメクサにホソムギ、それかハマヒルガオの外にはどんな小さなものもなくなるまで、そこを徹底的にきれいにするのだ。それから次の区画に移ればいい。それとも、そうではなくて、サンプルにした一画を動かないことだ。そこに草の茎が何本あるかを数え、種類や密度、それに分布状況を測定するのだ。その計算に基づいて草原全体の数値が算出されるはずだから、その数値が決まったら……」

しかし、草の茎を数えても仕方がない。総数を知るなんて絶対に不可能だ。草原には明確な境界線などないのだから。どこかに草の生えない端があっても、その向こうには、まだ何本か茎がポツポツと生えていて、そのまた向こうには緑の濃い一画があり、さらにまたもっとまばらな帯状のひろがりがあるものだ。これも草原の一部なのかどうか？別の所では灌木の茂みが草原に侵入している。こうなると何が草原で何が茂みなのか区別がつかなくなる。だが、草しかない所でだって、一体どこまで数えたらいいのかがわからないのだ。小さな草と草のあいだには、必ず、地面から顔を出したばかりの葉の幼芽があって、根元にかすかに見える白い肌をのぞかせているからである。一分前なら見逃すことはできても、すぐにこれも数えなければいけなくなるだろう。そうこうしている間にも、少し前まではかすかに色あせているようにしか見えなかった二本の茎が、もうすっかりしおれて、計算から除外しなければならなくなってしまうかもしれない。おまけに折れたり、地中にめりこんだり、葉脈に沿って裂けたりしている草の茎の切れ端もあるし、葉を失くした小さな葉もあるし……少ない数をいくら合計したところで総数にはならないのだ。腐りかけた草がごく僅か残っているからだ。まだ生きている部分もあれば、もうどろどろになって他の植物の栄養になる腐植土になっている部分もあって……

草原は草の集合である——こう問題を設定すべきなのだ。この集合は、栽培される草の属集合と雑草とよばれる自生の草の属集合とを包含する。ふたつの属集合が交叉するのは、種類からいえば栽培される草に属するために、それと見分けのつかない自然発生的に生まれた草によってである。ふたつの属集合は、それぞれさまざまな種類を含み、その種類の一個一個がひとつの属集合なのである。あるいは、本来草原に属している草の属集合と、草原とは無関係な草の属集合とを包含する集合だといった方がいいかもしれない。風がふいて、種や花粉が舞うと、集合間の関係は乱れ……

パロマー氏の思いは、さっきから別のところに流れている。わたしたちが見ているものが草原なのだろうか、それとも、一本また一本と草を見ていることが……？「草原を見る」とわたしたちが言っているのは、おおまかで曖昧なわたしたちの感覚の効果にすぎない。集合というものは、明確な諸要素によって形成されている場合にだけ存立するのだ。数など数えている場合ではないのだ。数などどうでもいい。肝腎なのは、一目見ただけで、個々の草木の特徴も違いも、その一つひとつをとらえることだ。しかも、ただ見るだけではだめなのだ。考えることだ。「草原」のことを考えるのではなく、あのシロツメクサの双葉のついている茎のことを、すこし猫背のあの槍状の葉や、あの細い散房花序のことを……

パロマー氏は雑草を抜くのも忘れて、ぼんやりしている。もう草原のことなど考えてもいない。宇宙に思いをはせているのだ。草原について考えたことを全部宇宙にあてはめてみようとしているのである。宇宙、それは、整然と規則正しい天体なのか、それとも、混沌とした拡散なのか。おそらくは有限な、だが、その内部にまた別の宇宙がいくつも口を開き、境界の定まらない無限の宇宙。宇宙は集合なのだ、天体や星雲、宇宙塵、複数の力場、場の交叉部分、いくつもの集合の集合体からなる……

I・3　パロマー氏空を見る

I・3・*1*　昼下がりの月

昼下がりの月を眺める者などいはしない。まだ月の存在がおぼつかない、そんなときこそ、なおのことわたしたちの関心が求められているのかもしれない。強烈な陽の光を浴びる空の濃い碧から顔をのぞかせるひとつのほの白い影、それが今回もきちんと形を整え輝きを帯びると誰が保証してくれるというのか？　それほど壊れやすく淡く頼りなげなのだ。ある一角だけが鎌の弧に似た輪郭をくっきりと帯びはじめても、残りはまだ空色にすっかり呑み込まれたままである。透明なオブラートか溶けかけのドロップかなにかのようだ。けれど、ここでは白い円環が壊れていくのではなく、濃度を増しつつあるのだ。くすんだ青い斑点や陰り、月の地理に属するものなのか、それともまだ海綿体状の多孔質な惑星が染みこんだ空の汚れなのか判然としない、くすんだ青い斑点や影を取り込み凝集してゆく。

この局面において、空はまだ何かかなり稠密で明確なもので、その途切れることのない張りつめた表面から、あの白い光を放つ円い形、雲よりはかすかに堅固な実体を有する形が分離しつつあるのだとか、あるいは、逆に、背景の組織が崩壊し、円蓋がほつれ、背後に開くひとすじの裂け目となっているのだといった確信がもてるわけではない。このおぼつかなさは、ある部分(太陽光線が他より強く射している箇所)では隆起を際立たせつつ、他の部分では、一種、薄闇に紛れている陰影のむらのせいで浮かび上がってくる形の不規則性によっていっそう増してくる。そして、このふたつの領域の境界が定かでないために、結果として、遠近法のなかでとらえられる固体ではなく、むしろ、白い輪郭がくすんだ小円の内部で分離している月の百態のひとつのようにみえてしまうのだ。この点について、満月やそれに近い月ではなく、上弦の月を対象に考えれば、何の異論もないはずだ。実際、上弦の月は、次第次第に空との対比が強まり、その境界線が西の端にかすかなへこみを伴ってくっきりと描かれるようになると、姿を現わすのである。

空の碧がすこしずつ茜色から紫色へと(陽の光が赤みを帯び)、やがてくすんだ赤や暗褐色へと移ってゆく。色調が変わるたびに、月の白さがくっきりと浮かび上がり、内部のいちばん輝く部分がひろがりを増し、ついには円蓋をおおい尽くしてしまう。その様子は、まるで、ひと月かけて月がたどる諸相が、円形全体がおおむね眺められるという違いはあるにしても、この満月というか上弦の月の内部において、出没の時間の中でたどり尽くされるかのようだ。円環の中には常に斑点がある。それどころか、その陰影は残りの部分の輝きとの関係によって一層際立っている。しかし、それらの青白い痣というか溢血斑のようなものを引き連れているのが月であることは疑いないし、それらを背景の透明な空の青さや、実体のない月のマントのほころびだとか言われても信じられはしない。

むしろ、相変わらず不確かなままなのは、こうして明確さや（いわゆる）輝きを獲得することが、遠ざかるにつれ闇に没してゆく一方の緩慢な空の後退のせいなのか、逆に、まず周囲に拡散した光を集め、空から光を奪い、すべての光を円い漏斗の口の中に掻き集めながら迫《せ》り上がってくる月のせいなのか、ということだ。

そしてこうした変化のなかで何より忘れてならないのは、まもなくこの衛星が空中を移動し、上方へそして西方へと進みながら消えていくことだ。月は、目に見える天体のなかでもっとも移ろいやすく、その複雑な習性においてもっとも規則的な天体なのだ。けっして約束を違えはしないから、いつだって待ち伏せることができるけれど、どこか一か所に置き忘れたままにしておくと、次はかならず別の場所でお目にかかることになる。ある姿勢でどこかを向いている顔を覚えていても、多少の違いはあってもすぐに向きを変えてしまった後だ。ともかく、一歩一歩追っていても、感じとれないほどかすかに離れていくのには気づかない。雲たちだけが、その素早い疾走と変身の幻覚を生み出すのに一役買っているのだ。あるいは、むしろ、ともすれば視線を逃れがちなものに派手な証を与えるのに力を貸しているのである。雲が流れ、灰色が乳白色に輝き、背後の空が黒になった。夜だ。星たちがまたたき、月は空飛ぶ輝く大きな鏡になる。その姿に数時間前の姿を見出す者はいるだろうか？　いま、月は光の湖だ。あたりいっぱいに光をふりまき、闇の中に凍てつく銀の暈《かさ》をのぞかせ、夜更けに遊びまわる人びとを白い光で包みこむ。

これからはじまるのは素晴らしい冬の満月の夜にちがいない。そこで、月がもはや自分を必要としないと確信して、パロマー氏は家路につく。

I・3・2　惑星と眼

今年は四月いっぱい、肉眼で(近視で乱視のかれでさえ)見ることのできる《外》惑星が三つとも衝の位置にあり、その全部が夜通し眺められることを知って、パロマー氏は急いでテラスに出る。

澄みきった満月の夜空だ。白い光に包まれた巨大な月の鏡のすぐ隣にあるというのに、火星は執拗な輝きをたたえ堂々とせりだしてくる。その濃厚で凝縮された黄色は星空に浮かぶ他のどの黄色とも異なり、最後には赤と呼ぶのがふさわしい色になる。そして霊感を受けたときには、ほんとうに赤く見えるのである。

視線を下げ、東方のじょうぎ座と乙女座のスピカを結ぶ(ただしスピカはまず見えないので)架空の弧を追っていくと、白く冷たい光をたたえた土星がかなりくっきり浮かび上がる。そのさらに下方には木星が、最高に輝くときには、力強く黄色い緑がかった光を放つ。その周辺の星たちはどれもみな青白いが、うしかい座のアークトゥルスだけは極東のやや高方で挑むように輝いている。

惑星の三重衝をもっと楽しむために欠かせないのは、望遠鏡を手配することだ。パロマー氏は、有名な天文台と同じ名前がついているせいか、天文学者たちにどことなく親しみを感じている。だからかれには口径一五センチメートルの望遠鏡に鼻先を近づけることが許されるというわけだ。科学研究用としては、いささか小さすぎるにしても、かれの眼鏡にくらべれば、これだけでも大した違いである。

たとえば、望遠鏡で見る火星は肉眼で見るよりはるかに面倒な惑星であることがわかる。伝えなければならないことは山ほどあるのに、咳払いの合間のぼそぼそとした話のように、ほんのわずかなことしかはっきりと伝わってこないようなのだ。緋色の暈輪が縁の周りからのぞいている。望遠鏡のネジを調節して暈輪を縮めると、南極の氷の地殻がくっきり見えてくる。地表には斑点が雲か雲間の隙間のように見え隠れする。なかに、位置も形もオーストラリアに似た斑点があって、そのオーストラリアの姿がはっきりと見えてくるのにつれて、レンズの焦点が合ってくるのがパロマー氏にはわかる。だがそれと同時に、それまで見えると思っていた物の影や見なければならないと感じていた物の影が消えかかっていることに気づく。

要するにかれにしてみれば、スキアパレッリ以来、幻想と失望を交互に引き起こしながら、おびただしい言葉が費やされてきたあの惑星を火星と呼ぶとすれば、そのことが、かれのような気難しい人間と何らかの関係を結ぶことを困難にしているように思えるのだ(もっとも、気難しいのはパロマー氏のほうばかりではない。かれのほうは、無駄と知りながらも、天体のなかに逃れることで、独りよがりにならないように努力しているのだから)。

これと正反対なのが、かれが土星と結ぶ関係である。この惑星は望遠鏡で眺めたときのほうが深い感動を与えてくれる。透けるように真っ白で、球体と環の輪郭もくっきりとしている。球体にはかすかな縞模様が平行に走っている。やや暗い円周が環の縁を分けている。この望遠鏡ではそれ以上の細部はまずとらえられないために、かえって対象の幾何学的な抽象性が際立ってくる。はなはだしい距離感が肉眼で見るときに比べて、緩和されるどころか強調される。

他のあらゆる物体とこんなにも異なる物体が天空をめぐっているとは。最大限の単純さと規則性と調和とによって不思議の極致に到達している形、これは生と思考に活力を与えてくれる事実ではないだろうか。

「もしも今わたしが見ているのと同じように見ることができたとしたら」と、パロマー氏は思う。

「古代の人びとは、自分の視線がプラトンのイデアの宇宙か、ユークリッドの公準の非物質的空間に届いたと思ったことだろう。ところが、その姿が、何の手違いか、ほんとうにしては美しすぎるし、現実の世界に属しているにしてはやけに自分の想像の世界に好都合にできている、などと訝しむ自分のもとに届いている。だが自分の感覚に対するこの不信の念こそ、わたしたちが宇宙のなかでくつろいだ気分になるのを邪魔するものだ。もしかしたらわたしが自ら課すべき第一の規則は、自分が見るものにこだわることなのかもしれない」

今度は環がかすかにゆれているような気がする。あるいは環の内側にある惑星のほうがゆれているのかもしれない。それとも両方がそれぞれ自転しているのだろうか。実のところ、ゆれているのはパロマー氏の頭のほうなのだ。望遠鏡をのぞくために、どうしても首をひねらなければならないのである。ただし、まるでそれが自明の真理であるかのように自分の期待にぴったりの、その幻覚から醒めないように、充分気をつけながらではあるが。

実際、土星はこのとおりなのだ。《ヴォイジャー二号》の打ち上げ以降、パロマー氏は土星の環について書かれたものは洩れなく読んできた。顕微鏡的な微粒子から成るという説もあれば、地底から分離した氷の破片でできているという説もあった。それから、環と環の境目は、衛星が蹴散らした物質を、ちょうど羊飼いの犬たちが羊の群れが散らばらないようにその周囲を走り回るように、両端に凝集しながら回転する航跡になっている、と書いてあるものもあった。環束が発見され、後年、それが一つひとつもっとずっと細い外輪に分かれていると証明されたことも、それから、車輪のリムのように分布するぼんやりとした縞模様が発見され、後になってそれが氷の雲であると判明したことも、かれは読んで知っていた。しかしそうした新しい情報によって土星の本質的な姿が否定されることはない。それは、一六七六年に自分の名前を冠した環と環の空隙を発見したジャン・ドメニコ・カッシーニがはじめて眼にした姿と変わらないのである。

この機会に、勤勉なパロマー氏が百科事典や手引き書をあれこれあたったのはもちろんである。土星はいつ見ても新鮮な対象で、かれの前に姿を現わすたびに、最初に発見したときの驚きを改めて感じさせる。そしてガリレオがあの焦点の合わない望遠鏡で、土星が三重の天体なのか二個の輪を有する球体なのか、何とも曖昧な考えにしか辿りつけなかったことや、ようやく土星の正体に迫ったときには視力を失い、すべてが闇の底に沈んでしまったことを悔やむ気持ちがよみがえってくる。

発光体を長時間みつめすぎると眼が疲れてくる。パロマー氏は眼を瞑る。そして木星に眼を移す。

木星は、その堂々とした、だがけっして重苦しさを感じさせない大きさのなか、赤道部に走るレース編み飾りのついたショールみたいな、明るい緑色をした二本の縞を誇らしげに見せつける。巨大な磁気嵐の跡が、綿密に構成された穏やかで整然とした一枚の絵に変わる。しかしこの豪華な惑星の真の華麗さは、いま一本の斜線に沿って、輝く宝石をちりばめた王の笏のように四つ揃って並んでいるのが見える、あの光り輝く衛星にある。

ガリレオによって発見され、《メディチ家の星》と命名され、その後しばらくして、あるオランダの天文学者によってオウィディウスに因んで、新たにイオ、エウロペ、ガニメデ、カリストと名付けられた木星の衛星は、まさに自分たちの発見者の手によって宇宙の不動の秩序が崩壊したことなど与り知らぬかのごとく、ルネサンスのネオ・プラトニズム最後の輝きを放っているように見える。

古典美への夢が木星をつつみこむ。その姿を望遠鏡でみつめながら、パロマー氏はオリュンポスの変身を待ち望んでいる。しかしかれにはその姿を鮮明なまま維持することができない。一瞬、目を細めて、まぶしさにくらんだ瞳がふたたび輪郭や色や陰影を正確にとらえられるまで待たなければならない。ただそれと同時に、想像力が借りものの装いを脱ぎすて、書物から得た知識をひけらかすのを諦めるようになるまで待たなければならない。

もし想像力がほんとうに視力の弱さを助けるものなら、それは、視線によって点火されるような、即効性のある直接的なものであるはずだ。ではどれが最初にかれの脳裏に浮かんで、そぐわないからという理由で脳裏からふりはらわれた比喩だったのだろうか。さっきかれが居ならぶ衛星を引き連れてゆれる木星を見たときは、縞模様のある、丸まる太った深海魚が冷たい光を放ち、その鰓《えら》からちいさな気泡が昇っているみたいに……

次の晩、パロマー氏はまたテラスに出て、肉眼で惑星を見直してみる。大きな違いは、ここでは、惑星と暗闇の至る所に点在する残りの星空と、そしてそれを眺める自分との大きさを考慮に入れねばならない点である。関係がレンズで遠くにとらえられた惑星という客体とかれという主体のあいだの、差し向かいの幻覚のなかでのことなら、起こりえないことである。同時にかれは、一つひとつの惑星について昨日の晩に見た細部にわたる姿を思い浮かべ、その姿を夜空に穿つぼんやりとした光のしみに接ぎ合わせてみる。そうしてほんとうに惑星が自分のものになることを願うのである。それが叶わないのなら、せめて惑星のどれかひとつでも、自分の片方の眼に飛び込んできてくれたらいいのにと思っている。

I・3・3　星たちの瞑想

星空のきれいな夜になると、パロマー氏は言う。

「星を見に行かなければ」

ほんとうに「行かなければ」と言うのである。

これは、無駄を嫌うかれが、自分の思い通りになるこんなにもたくさんの星を無駄にするのはよくないことだと考えているからである。《行かなければ》と言うのには、もうひとつ理由がある。星の見方にたいして詳しくないかれにしてみれば、この簡単な行為自体が常に結構骨の折れることなのだ。

第一に厄介なのは、視界を遮るものもなく、ネオンに邪魔されることもなく、天空全体を眺め渡せる場所を見つけることである。たとえば、標高の低い海岸地帯の人気のない浜辺。

もうひとつの必要条件は、星座表を携行することである。これなしでは自分が今ながめているのが何なのかわからないことになる。もっとも次の機会になれば星座表の使い方を忘れて、三十分ばかりかけて一から勉強しなおす羽目になるのではあるが。暗闇の下で地図を判読するには懐中電灯を持っていく必要がある。頻繁に夜空と地図とを見比べるために懐中電灯をつけたり消したりしなければならないが、その明暗の変化のせいで眼が眩み、そのつど眺めを修整しなければならない。

もしパロマー氏が望遠鏡でも利用するということになると、話はこみ入ってくる側面と簡単になる面とがあるだろう。しかし、この時点で、かれが関心を寄せているのは、古代の船乗りたちや道に迷った羊飼いたちと同じように、肉眼で見る空の経験なのだ。近眼のかれにとって肉眼といえば眼鏡を意味するわけだが、星座表を読むためには眼鏡を外さねばならないわけで、この額での眼鏡の上げ下げのせいで作業がややこしくなり、水晶体が本物の星か星座表上の星のいずれかに焦点を合わせるまでに数秒間待機する必要が生じる。星座の名称は星座表の上では青い地に黒で記されているので、それを読み取るためには紙の真うしろから懐中電灯を近づけなければならない。それから夜空に視線を上げると、夜空は黒々として、ぼんやりした明りが点々と見える。ようやく徐々に星たちが姿を現わし、はっきりした形に並んでくる。そして見つめれば見つめるほどに星たちは数を増し姿を現わしてくる。

付け加えておかねばならないのは、かれが頼みの綱としている星空の地図は二枚、いや四枚あるということだ。一枚はその月の星空の概略図のようなもので、南の空と北の空とを半分ずつ別々に示している。それと天空全体を表わした、さらに細かなもので、一本の長い帯状で一年中の星座の配置を地平線周辺の空の中央部について示している図面。北極星の周囲の半球の星座は付属の円い地図に含まれている。要するにひとつの星の位置を確定するために、この幾種類もの星座表と空の角度とを比較する必要があるわけだ。おまけに、眼鏡を上げ下げしたり、懐中電灯をつけたり消したり、大きな地図を広げたり畳んだり、手掛かりを見失ったりまた見つけたり、といった関連動作をすべて行なうのである。

この前パロマー氏が星を眺めてから数週間、いや数か月がたっている。空はすっかり様変りしてしまっている。おおぐま座(いまは八月である)は北西の房の尾に今にもうずくまりそうにひろがっているし、アークトゥルスはうしかい座の凧全体を引っ張るようにして丘の稜線に突き刺さっている。その真西には織女星がポツンと高く輝いている。あれが織女星だとすると、その海の上にあるのが牽牛星で、その下方で極点から凍てつく光を放っているのが白鳥座だということになる。

今夜の空はどんな星座表よりはるかに星が密集しているように見える。実際に見る星座の配置はずっと複雑で曖昧なのがわかる。どの集合も自分が探している三角形や線分を含んでいるように見えるし、どれか星座を見上げるたびに、それが少しずつ違って見えるのだ。

星座がそれとわかる決定的な証明は、その名前を呼んだとき星座がどう応えるか見極めることだ。距離や形が星座表に記されたものと合致すること以上に説得力があるのは、その光り輝く点が星座の名称に対する答になっていて、すぐさまその響きが星座と一致して唯一の存在となることである。星たちの名称は、わたしたち神話にはずぶの素人かられば、気まぐれでふさわしくないように思える。それでいながら交換可能だとは考えてみたこともないだろう。パロマー氏は自分で見つけた名前が正しいときには、すぐにそれがわかる。名前がその星にそれまでにはなかった必然性と明瞭さを与えてくれるからだ。ところが名前が間違っているときには、その星は数秒後にはその名前を肩から払い除けるかのように捨て去り、そのあとはもう何処にあったのかも何という名だったのかもわからなくなってしまうのだ。

あれこれ繰り返してみた後でパロマー氏は、かみのけ座（お気に入りの星座である）がへびつかい座のあたりにある明るい星群のどれかひとつだと見当をつける。だが、こんなに豪奢でいて軽やかな対象物を見つけたというのにこれまでに覚えた胸の高なりがよみがえってこない。しばらくしてかれは、あの感じが返ってこないのは今の季節にかみのけ座は見えないせいだ、ということにようやく気づく。

明るい斑点と縞とが空を広く横断している。八月になると銀河が濃度を増し、底のほうから溢れ出してくるようだ。明るい部分と暗い部分とが混ざりあって、深い暗黒から遠近感を奪っている。遠く離れたその暗い空間の上には、またたく星たちがくっきりと浮かび上がっている。星の輝きも銀色の雲も闇も、すべてが同じ平面上にある。

これが、余分な厄介事や曖昧な推測の地である地球から逃れるために、幾度となくパロマー氏が立ち返る必要を感じた、恒星空間の正確な地理なのだろうか？　実際に星空を前にすると、すべてが自分の手から逃れていってしまうような気がする。確かに感じ取れると信じていたこと、無限の距離に比べればわたしたちの世界は小さいのだということまでが、判然としなくなってしまう。星空は上方にあって、その存在はわたしたちの目に見えてはいるが、そこから空間感覚や距離感を導き出すことは不可能なのだ。

もし天体が不確実性に満ちているなら、空の砂漠地帯ともいえる暗黒に信頼を寄せるしかないだろう。そこには無以上に安定した何かがありうるのだろうか？　だがやはり無にも一〇〇パーセントの信頼を寄せることはできないかもしれない。パロマー氏は星空の稀薄になった暗く何もない割れ目を見つけると、その中に自分を投影するかのように視線を固定する。するとどうだ、そこにも中から何か明るい粒のような、小豆ぐらいの小さな斑点が姿を現わしてくるではないか。しかし、ほんとうにそれが存在しているのか、それとも見えると思い込んでいるだけなのか、確信するまでには至らない。ひょっとしたら、あの輝きは目を閉じたときに回転しているのが見える(闇の空は眼の内に閃光が走るまぶたの裏返しのようなものだ)のと同じものかもしれない。もしかしたら眼鏡の反射光かもしれない。いや宇宙の最深部から出現した未知の星だということもあるかもしれない。

「こんな風に星を観察していると不安定で矛盾した知恵が伝わってくる」とパロマー氏は考える。

「古代の人びとが導き出す術を心得ていたのとは正反対だ。もしかしたら自分と空との関係が断続的で感情的で、平静な習慣ではないせいだろうか？　もしも毎日毎晩星座を眺め、暗い半球の湾曲した軌跡にそって運行する星たちを追うことを自分に課せば、ひょっとしたら最後には自分だって地上の出来事の、はかなく断片的な時間から切り離された、連続不変の時間の概念を獲得できるかもしれない。だがその痕跡を自分の体に刻み込むには天体の変化に注目しているだけでよいのだろうか？　それともなにか内面の変革といったようなものが特に必要なのだろうか？　それは理論上でなら推測できるが、精神の感動や律動に及ぼす効果ということになると想像もつかない」

星の神話の知識といっても、かれには薄れかかったかすかな光がほのみえるだけだ。科学的知識は新聞や雑誌からのありふれた受け売りでしかない。自分が知っていることは信じられないし、知らないことは心を不安にする。打ちのめされて自信が持てないまま、乗り継ぎの便を探して時刻表の頁を繰ってでもいるかのように、いらいらと星座表に視線を走らせる。

おや、輝く矢が空を横切っていく。流星だろうか？　このところ幾晩かやけに流れ星が多いのだ。だが照明灯をつけた定期航路の飛行機ということも充分考えられる。パロマー氏の視線は用心深く、自由で、どんな確信にも縛られてはいない。

かれは三十分前から浜辺の闇の中で、長椅子に寝そべって、体をねじっては南の方や北の方を眺めている。時折、懐中電灯をつけ膝の上にひろげて置いてある星座表を鼻先に近づけてみる。それから首をひねってもう一度北極星を基点にして探索をやり直す。

人影が音もなく砂の上を動いてくる。砂丘から身を起こす恋人たちの影、夜釣りの男、税関の役人、船頭。忍び声がパロマー氏に聞こえてくる。あたりを見回すと、ほんの少し離れたところに小さな人だかりができていて、なにか狂人の発作でも見るようにかれのしぐさを見守っていた。

II 街のパロマー氏

II・1　テラスのパロマー氏

II・1・*1*　テラスにて

「シッ、シッ！」

パロマー氏はテラスに駆け出す。ガザニアの葉を食い散らし、この多肉植物を嘴で穴だらけにするかと思うと、ホタルブクロの房に爪をたて、クワイチゴの実をついばみ、台所の側の箱に植えたパセリの小さな葉を一枚一枚つっつき、植木鉢の中をほじくり返しては、ばら土を撒き散らし根っこをむきだしにする。まるでやつらが飛んでくる唯一の目的が蹂躙だとでもいうように。かつて飛んできては広場を和ませてくれた鳩に代わって、汚染された、汚らわしく荒んだ子孫が生まれたのである。家鴨でも野鳩でもない、公共の建築物に融け込んで永遠に絶えることのない鳩なのだ。ローマの町の空は、もうだいぶ前から、この空飛ぶルンペンたちの過密状態に支配されている。そのせいで周辺に棲む他の種類の鳥たちが暮らしにくくなり、かつては自由で変化に富んでいた大空の王国は、剝げかかった鉛のような灰色の単調な羽のせいで息が詰まりそうだ。

地下の鼠の大群と重苦しく飛ぶ鳩に挟み撃ちに遭って、古い町は下からも上からも侵食されているのに、手をこまねいているばかりで、かつて野蛮人の侵略に立ち向かったときのような抵抗を示すことはない。まるで、外敵の攻撃をではなく、自己の内部の本質が生まれながらに持っている最も暗い部分をそこに認めてでもいるかのようだ。

こんな町にも、太陽の恵みを分かち合うことで、昔ながらの石畳と絶えず新しくなっていく草木とが調和しながら生きている、もうひとつの魂(数多《あまた》あるうちの一つかもしれないが)がある。この素晴らしい環境、もしくは《神の土地》に手を貸すべく、パロマー家のテラス、家並みを見下ろす秘密の島は、蔓棚の下、バビロニアの花咲き乱れた庭園をこの一か所に集めることを夢見ている。

生い茂ったテラスは、家族一人ひとりの望みに応えたものだ。だが、パロマー夫人にしてみれば、心のなかで確かめながら選別し獲得するという複合的変化によって、象徴的コレクションともいうべきひとつの集合体を構成するところにまで漕ぎつけた個々の事物に対する自分の関心を植物に振り向けることは当然に思えた。しかし他の家族が同じ心境だったわけではない。娘は、若さというものが目の前のことにではなく、ひたすらはるか彼方に目を奪われることであるために。夫は、若いときの気の短さを脱して(理論の上だけだが)存在する事物に適応することが唯一の救いだと気づくのが遅きに失したがゆえに。

栽培者にとって肝要なのは、所与の植物であり、ひと摑みの土が一定の時間帯に陽を浴び、葉の病気が所定の手当で根絶され命を止めることである。こうした関心は、企業の手続きに基づいた、つまり全体計画とか一般的規準とかに則って判断を下すことのできるものとは無縁の心のもち様なのだ。パロマー氏は、普遍的規範や的確さをもとめられると考えてきた、そうした企業社会の規準というものがいかに好い加減で間違いだらけか気づいたとき、ひたすら自分の眼に映るかたちを観察することで世界との関係をあらためてゆっくり見つめてみることにした。だが今となってはかれという人間は、出来上がっているようにしか成らない。かれが物事に適応するといっても、いつも実際にありもしないあらぬことを考えるのに没頭している人間に見られる、断続的で一時的なことでしかない。テラスの繁栄にかれが貢献できるとすれば、ときどき、走っていって、

「シッ、シッ」と鳩を驚かせることで、先祖代々受け継いできた領土を防衛する感情を自分のなかによみがえらせてみることぐらいなのだ。

テラスに羽を休めにきた小鳥が鳩でさえなければ、パロマー氏は追い払うどころか、歓迎さえする。鳥たちが何か嘴で壊しても目をつぶり、それを神様からの友好のしるしだと考えることにしている。しかしそんな小鳥たちはめったに姿を現わさない。

たまには、鳥の編隊が黒いしみのように点々と空に散らばりながら近づいてくることもある。かれらは、生命感と陽気な気分を運んでくれる（神々の言葉も何世紀も経てば変わるものだ）。それから、気が優しくて声のよく響くツグミが数羽、それに、例によって名もない通行人の役回りで雀たち。この町の上空に姿を見せる他の鳥たちはもっと遠くからそれとわかる。秋には渡り鳥の小隊が、そして夏になるとツバメや岩燕の曲芸飛行が。時には白いカモメたちがその長い翼で大空を漕ぎ渡り、屋根瓦の乾いた海の上まで押し合ってくることもある。もしかしたら河口から蛇行する川をさかのぼっているうちに道に迷ってしまったのかもしれないし、睦言に我を忘れていたのかもしれないが、海の匂いのするかれらの叫び声は、町の喧騒の中でもやかましく響き渡る。

テラスは二段になっている。屋上のテラスにもなれば、見晴らし台にもなるそのテラスに立ってパロマー氏は建て混んだ家並みを見下ろしながら、自分も鳥の視線を投げかけるのだ。鳥類の眼に映るのと同じ様に世界をとらえてみようとする。かれと違って鳥たちは、眼下に広がる空間を有しながら、けっして下方を眺めず、ひたすら両の翼を羽ばたかせ、その両傍ばかり気にしている。どこを向こうと鳥たちの視線に飛び込んでくるのは、かれの視線と同じ、高さのまちまちな屋根や大体高層の建物なのだが、密集しているためにさして高度を下げるわけにはいかない。建ち並ぶ家々の下に街路や広場があることも、ほんとうの地面が地表にあることも、パロマー氏はいろいろな経験から識っているが、今こんなふうにかれの眼下に見えるものからはまったく思いもつかない。

この町のほんとうの姿は、この屋根の起伏の下にあるのだ。瓦には、古いのも新しいのも、焼いたのもスレートのもある。細長いのやずんぐりした煙突もあれば、葦の蔓棚に波形の軒、手摺やバラスター、植木鉢の支柱、鉄板製の給水塔、屋根裏部屋に硝子の天窓。それらすべてから頭ひとつ突き出し林立するテレビのアンテナ。曲がったのも、光っているのも、錆びたのもある。年式もばらばらで、細い端子の出たのも、遮蔽板付のも、どれもみんな骸骨のように怖くて、トーテムのように不安な気分にさせられる。不揃いで入り組んだ虚空の湾に隔てられ、洗濯物を干すのに使うひもや、金だらいに植えられたトマトが一緒になったテラスが軒を接している。木枠に蔓を絡ませた樹檣や、白く塗られた鋳鉄製の庭用家具に、巻き上げ式の日除けののぞく豪勢なテラスもある。朝顔状にふくらんだ回廊がついた鐘楼、省庁の切妻壁の正面や側面も見える。屋階に重なるもっと高い屋階、違法だというのに罰せられはしない増築された建物、建設中だったり途中で放置された金属管の足場。カーテンのかかった窓、洗面所の小窓、黄土色や黄褐色の壁、ひびわれから草のしげみが垂れ下がった葉っぱをのぞかせている苔むした壁、聖母像のついた教会の尖塔、エレベーターの箱、両開きや三方開きの窓の付いた塔、馬と四頭立て馬車の像、あばら家になった家に独身者用に改装された家々。そしてどの方向からも、どんな位置からでも、この町のしとやかで華麗な本質を認めるかのように大空に丸く突き出た円蓋は、時刻と光線の加減で、薔薇色に見えたり赤紫色に見えたりする。ほかの小さな円蓋の上にそびえる越し屋根のてっぺんには格縁模様が施されている。

こうしたすべてのものが町の舗石をふみしめたり、車に乗って移動する者には何ひとつ見えない。むしろ逆に、眼下ではほんとうの地殻は、この不揃いだが密集したものなのだと感じられてくる。たとえ亀裂が入っていても、それがどれほど深いのか、クレパスなのか、溝なのかクレーターなのか、それはわからない。そしてその底に何が隠れているのか自分に問うてみることすら考えもしない。なぜなら、表面上の眺めはそれだけで充分に豊かで彩に富んでいるから、心を情報や意味で溢れさせようとして迫ってくるのである。

こんな風に鳥たちは考える、でなくとも、鳥になったつもりのパロマー氏はこんな風に考える。

「事物の表面を知った後ではじめて」と結論を下す。「わたしたちはその下にあるものを求めるところまでは行きつくことができる。だが、事物の表面は無尽蔵なのだ」

Ⅱ・1・2　ヤモリの腹

いつもの夏と同じように、テラスにヤモリが帰ってきた。絶好の観察場所があるおかげで、パロマー氏は、ヤモリやアマガエルやトカゲを見るときにはいつも馴染んでいる背中からではなく、腹からヤモリを見ることができる。パロマー家の居間には、テラスに向いて小さな硝子窓が開いているのだ。この窓の棚にはアール・ヌーヴォーの花瓶のコレクションが並んでいる。夜になると七五ワットの電球がこの収集品を照らし出す。テラスの壁からルリマツリの木が淡い青色の小枝を窓の外に垂らしている。夕方、明りがつくとすぐに、その壁の葉陰に棲んでいるヤモリはきまって、窓の電球が光っているところに移ってきて、日向のトカゲのようにじっとしている。明りに曳かれて羽虫も飛び回っている。羽虫が一匹、この爬虫動物の射程内に飛び込んで呑み込まれてしまう。

パロマー夫妻は結局、毎晩テレビの前からソファーを運んできて窓の傍に置くことになる。部屋のなかでふたりは闇に浮かぶ爬虫動物のほの白い輪郭をじっとみつめる。テレビかヤモリかの選択がいつも迷わず行なわれるわけではない。ふたつの見世物がそれぞれに一方が与えてくれない情報を提供してくれるからである。テレビは世界を移動しながら、目に見える物事の表情をとらえる明るい刺激を拾い集めてくる。ヤモリのほうは揺るぎない集中力と隠された姿という、視覚に示されるものの裏側を表現している。

最も不思議なのは四肢である。全体が腹になった柔らかな指をもった手そのものなのだ。その指を硝子に押しつけちっぽけな吸盤で張りつくのである。五本の指は、子どもの絵にありそうな花びらのようにひろがっているが、脚が動くと花が閉じるように固まり、それからふたたびひろがって、指紋に似たごく細かな縞模様を浮かび上がらせながら硝子に押しつけられる。繊細で同時に力強いその手には秘められた知性が具わっているようだ。その垂直な表面にぴったり張りついたままでいる義務から解放されさえすれば、その手は人間の手の能力を獲得できるかもしれない。人間の手だって、枝を摑んだり地面を踏んばったりする必要がなくなってから器用になったと言われているのだから。

四肢は折り曲げられると、四本とも膝というより、体を支える伸縮自在の肘に見える。尻尾は中央の縞だけが硝子に付いている。ふだんはのらりくらりと鈍そうで、補助的な支柱以外なんの能力も野心もなさそうなのに（絵でも描きそうなトカゲの尻尾の敏捷さには似ても似つかない）、必要とあれば充分滑らかに雄弁なくらいの反応をみせる。

頭部で目につくのは震える広い喉と、両脇の、まぶたのない出っ張った眼である。喉は、カイマンワニばりの固くて鱗だらけの顎の先から腹部にまでつづくたるんだ袋の表皮なのだ。硝子に押しつけられると、腹部にもおそらく粘着力のあるざらついた斑点がひとつあるのがわかる。

羽虫が一匹、ヤモリの喉先をかすめると、舌が飛び出してきて呑み込んでしまった。素早くて柔らかで、ものを摑むには適した舌である。きまった形を持たず、どんな形にでもなれるのだ。いずれにしても、パロマー氏はいまだにその舌を見たことがあるのかないのか定かではない。いま確かに彼が眼にしているのは、この爬虫動物の喉の中にいる羽虫である。照明された硝子に押しつけられた腹部はX線で見るように透き通っている。腸を通って溶けていく獲物の影を追うことができる。

もしもあらゆる物質が透明なら、わたしたちを支える地面やわたしたちの肉体を包む皮膚も、風をはらんだ薄いヴェールのようには見えないだろう。すべて咀嚼嚥下の地獄に映るだろう。そんなとき地球の中心にいる冥界の片眼の神は花崗岩を運びながら、地底からわたしたちを見つめているのかもしれない。八つ裂きにされた犠牲者が大食漢の腹の中で溶けてゆき、最後はその大食漢を別の腹が呑み込んでしまう番が来るまで、生と死の循環を見守っているのかもしれない。

ヤモリは何時間もじっと動かない。時折、鞭のような舌で蚊や羽虫を呑み込みはする。だがそれによく似た他の虫が、口からわずか数ミリのところに気づかず止まっていても、その姿は眼に入らないようである。眼が頭の両側に離れてついているせいで縦長の瞳孔には映らないのだろうか？　それともわたしたちの知らない選択と拒絶の理由があるのだろうか？　あるいは偶然や気まぐれに動かされて反応するのだろうか？

四肢と尻尾の環の区分と、頭部と腹部のざらざらした細かな鱗の斑点とが、ヤモリに機械装置のような外見を与えている。それも、限られた作業しかしないのではその完璧さが無駄になってしまうのではないかと考え込ませられるほど、顕微鏡的な細部に至るまで研究しつくされた精巧な機械にみえる。ひょっとしたらこれがヤモリの秘密なのかもしれない。存在に満足しているから、最小限のことしかしないというわけか。これがヤモリの教訓なら、パロマー氏が若い頃心掛けていた精神、つまり常に少しでも応分以上のことをするよう努力すること、その反対だというわけか。

おや、蝶が一羽、ヤモリの射程内に迷い込んできた。見逃すだろうか？　いや、そいつもサッと捕まえてしまった。舌が蝶に対しては網に変わって口の中に引きずり込むのだ。全部収まるだろうか？

吐き出すのか？　力負けしたのだろうか？　いや、蝶は喉の中だ。ぴくぴく動いている、ボロボロだがまだ形は留めている、歯で嚙み砕かれてはいない、だが狭い喉を過ぎてしまえば、ほら影がひとつ、広い食道に向かって緩慢な苦悩の旅を開始した。

ヤモリは何も感じていないかのようにみえたが、口を大きく開けると、痙攣する喉を震わせ、四肢と尻尾を揺すり、厳しい試練にさらされている腹部をよじった。今夜のところは、満腹というわけか。引き上げるのだろうか？　こいつが首を長くして満たそうとしていた欲望の絶頂がこれだったのか？

これが試そうとした可能性の限界に対する証というわけか。いや、まだ動かない。眠ってしまったのかもしれない。まぶたのない眼だと睡眠はどんなふうなのだろう。

パロマー氏の方もその場を離れられずにいる。相変わらずヤモリを見つめている。休戦をあてにできるわけでもない。テレビをつけてみたところで、殺戮をめぐる思いがひろがるだけだ。蝶は、はかないエウリュディケのようにゆっくりと黄泉の国へと沈んでいく。羽虫が一匹飛んできて、窓硝子に止まろうとしている。そしてヤモリの舌が襲う。

II・1・3　ホシムクドリの襲来

秋も終わる今時分になるとローマでは不思議なことにお目にかかる。空が鳥で埋め尽くされるのだ。パロマー氏のテラスは恰好の観測場所で、そこから家々の屋根越しに遠く水平線まで周囲を見渡すことができる。その鳥たちについて、かれが知っているのは巷で聞きかじったことに限られている。北からやって来た何十万羽ものホシムクドリが打ち揃ってアフリカ大陸沿岸に向けて出発するのに備えて集結しているというのである。夜、鳥たちは町の木々の上で眠るので、テヴェレ川沿いに車を止めておくと、朝には隅から隅まで洗車をする羽目になる。

昼間は何処に行くのか、ひとつの町にこんなふうに長期間滞在することが移棲計画のなかでどんな機能を果たしているのか、大演習か観閲式ばりに旋回飛行しながら、夕方、大集会を開くことがかれらにとって何を意味するのか、それがいまだにパロマー氏にはわからない。人びとの説明はどれもなにやら怪しげで、あれこれ選択肢のあいだでぐらついている仮説の域を出ていない。口から口へ伝えられる噂話を真に受ければ、そうなるのが当り前だが、こうした説明に裏付けや反証を与えなければならないはずの科学の側も曖昧で自信がないようなのだ。そこでパロマー氏はせめて自分の目でとらえられるわずかなものを、目に映ることが暗示するその場の思いつきを大切にしながら、細部に至るまでしっかりと見つめてみようと心に決める。

すみれ色の夕焼けの中、目を凝らしていると、空の一角に現われたごくごく細かな塵が空を舞う翼の雲に変わっていく。それが何千何万もの翼だということにかれは気づく。空の円蓋がそれで埋め尽くされているのだ。それまで何ひとつない穏やかな無限のひろがりに思えたのに、気がついてみると、猛烈な速さで軽やかに駆け抜ける影ですっかりいっぱいになっている。

渡り鳥の通過は、先祖代々わたしたちが受け継いできた記憶のなかでは、季節のなめらかな移り変わりと結びついた心なごむ光景である。なのにパロマー氏はなにか不安な気持ちにさせられるのである。この空の混雑が自然の均衡が失われたことを思い出させるからだろうか？　それともわたしたちの不安な気分が至るところに投影するせいなのだろうか？

普通、渡り鳥について考えるときは、秩序立ってまとまった編成飛行を思い描くものだ。長大な一列縦隊か鋭角的な方陣をとって、無数の鳥が一羽の鳥を形づくるかのように空を突っ切っていくものだ。その姿がホシムクドリに関しては、いや少なくともローマの秋空を舞うこのホシムクドリたちについては何の役にも立たない。この空中を乱舞する群れときたら、液体中を浮遊する埃の粒子か何かのように、絶えずいまにも雲散霧消しそうに見えながら、絶え間なく密度を増してゆく様子は、けっして飽和状態にならないように一本の導管から渦状の微粒子が連射されるかのようだ。

翼の雲は空の中で一層くっきりと浮かび上がり黒く膨らんでくる。鳥たちが近づいているしるしだ。パロマー氏はさっきからその大群の内側にある遠近法に気づいている。かれの眼には、既にすぐ頭の上まで来ている鳥たちもいれば、遠くにいるのも、まだずっと遠くにいるのも見えるからだ。さらにもっとちっぽけな点のようなものが途切れることなく何キロも何キロも続いているのを発見して、その一つひとつの間隔が、いわば、ほとんど等距離にあると見当をつける。しかしこうした規則性の錯覚は食わせ物である。飛行中の鳥の分布密度を測定するほど難しいことはないからだ。今にも空を覆い隠すかに見える大群の密集状態でも一羽一羽のあいだに奥深い空隙が開いている。

何分かのあいだ、一羽一羽の関係を見ながら鳥たちの配置をじっと観察しているうちに、パロマー氏は、どこまでも単調に続く逃れようもない罠にはまりこんだ気がしてきた。自分もこの運動する物体の一部ではないのだろうか。何百何千のばらばらの物体から成ってはいても、その集合はひとつの統一物、たとえば雲、一筋の煙、水しぶきといったような何か、つまり不安定な物質においても形の安定性をもたらすような何かを形成しているのではないだろうか。だがその構成要素の分裂を助長しようと、かれがどれか一羽の鳥を眼で追いはじめるだけで、自分を押し流していると感じられた流れも、捕えられているかに思えた網も消えてしまい、胃の入口あたりでかれをとらえていためまいの後のような気がするのだった。

こうしたことが起こるのは、たとえば、パロマー氏が、この大群は一団となって自分に向かって飛んできつつあるのだと納得したあとで、先ず群れから離れていく一羽の鳥に、そしてその鳥から、同じ遠ざかるにしても別の方向を目指しているもう一羽の鳥へと視線を移すときである。要するに接近してくると思えた鳥たちが、実は、残らずありとあらゆる方向へと飛び去っていこうとしているのだと気づくときである。しかし空の別の一角に眼を遣りさえすれば、さっきよりはるかにぎっしりと密集した渦の中へ鳥たちが集結しているのが視界に飛び込んでくる。紙の下に隠した磁石が鉄粉を吸い寄せ、濃くなったり薄くなったりしながらさまざまな図形を組み立て、そして最後には崩れて、白い紙の上には散らばった断片がしみのように残る、そんな感じがする。

羽ばたきの混乱のなかからようやくひとつのかたちが姿を現わし、前進しながら濃さを増してくる。地球か泡のような丸い形をしている。鳥でいっぱいの空に思いを馳せている人間のふきだしのようでもある。羽でできた大きな雪の玉が空中を転がりながら、あたりを飛び交う鳥たちを残らず巻き込んでいく。その球体は画一的な空間の中に、運動する立体という特殊領域を形成する。(なにか伸縮自在の表面のように膨張しながらも縮小する)その領域内で、ホシムクドリたちに、全体の丸い形を変えないようにしながら、それぞれ固有の方向へと飛び続けるのだ。

パロマー氏はふと、球体の内部で旋回するものたちの数が急速に増えていることに気づく。猛烈な速度の流れが砂時計のなかに砂の速さで新たな一団を移動させているかのようだ。また別のホシムクドリの一群が、今ある球体の内部で膨張しながらひとつの球体を形成している。だがその群れの結束力は、一定の大きさ以上耐えられないものなのだ。事実パロマー氏は今も、縁のところで鳥たちが散らばっていくのを観察している。

むしろ、そうして穴が開くことで球体は膨れ上がっていくのだ。ようやくパロマー氏がこのことに気づいたとき、球体はもう消えてしまっていた。

ホシムクドリについての考察がこんな調子で次から次へと涌いては増えてくるものだから、パロマー氏は、頭を整理するために友人たちに話してみなければと思う。この問題については友人たちにもなにか言い分があるはずだ。なにしろ、一人ひとりがこの現象に興味を抱いた経験があるか、でなくともかれからこの話を聞かされたあとでは、友人たちのなかにも同じ関心が芽ばえていたからである。けっして尽きることのない話題に思えたし、友人たちのひとりがなにか新しいことを目撃したとか、以前の印象を訂正する必要があると感じたときには、すぐさま他の者に電話で知らせなければという気分になるのだった。そうして電話回線を通じて情報が駆け巡っているあいだも、鳥たちの大編隊は縦横無尽に空を飛び回っているのだ。

「見たかい、飛ぶところがもっと混みあっていたって、必ずうまいことぶつからないようにするんだ。経路が交錯しているときだってだ。レーダーでも持ってるんじゃないのかね」

「そんなことはないさ。怪我をしたのや死にかけたのや死んだ鳥を道端で見つけたぜ。

あれは飛行中の衝突の犠牲者だよ。あまり密集しすぎれば避けられないさ」

「ぼくは、どうして連中が夕方になると揃って町のこのあたりをいつまでも旋回するのかわかったぞ。着陸許可の信号がくるまで空港の上を旋回する飛行機と同じさ。だからあんなに長いことぐるぐる回っているのが見えるんだ。夜を過ごす樹の上に降りる順番が来るのを待っているのさ」

「俺は連中が木に降りるときどんなふうにするか見たぞ。空中で何度も螺旋を描いて回って、それから自分の選んだ木を目がけてものすごいスピードで落ちてくる、それでだ、急ブレーキをかけて枝に止まるのさ」

「ちがうね。空の交通麻痺なんて問題にもならんよ。どの鳥もみんな自分の木と、枝と枝の上の場所を持っているんだから。空の高みからそれを見分けて飛び降りてくるのさ」

「そんないい眼をしてるのかね」

「いやあ」

けっして長電話にはならない。というのも、なにか決定的な瞬間を見逃すのではないかと、パロマー氏はテラスに引き返したくてうずうずしているからである。

今や鳥たちは、空のまだ夕陽の残っている箇所を占領しているにすぎないといっていいだろう。だがよく見ると、鳥たちの密集したところとまばらなところとがジグザグにはためく一本の長いリボンのようにほどけているのがわかる。そのリボンが曲がっているところは、群れが密集して蜜蜂の大群のように見える。ねじれず真っ直なところには、まばらな羽の点があるだけだ。

最後の光も消えた空には、町の通りの底から闇が一気に押し寄せてくる。家並みや円蓋が、テラスや屋階や屋上テラスが、鐘塔が、その大小さまざまな姿を浮かび上がらせる。晴れやかな侵略者たちの黒い羽がふいに停止したかと思うと、そのなかに混じって町の愚鈍な鳩たちが糞を撒き散らしながら重たげに飛ぶ姿が見える。

Ⅱ・2　パロマー氏買物をする

Ⅱ・2・*1*　鵞鳥の脂肪一キロ半

鵞鳥の脂肪が硝子の小瓶につめられて並んでいる。その一本一本に、手書きのラベルでこう書かれている。「太った鵞鳥の手足(脚と手羽)・鵞鳥の脂肪・塩・胡椒。総量、一キロ五〇〇」。小瓶を満たす濃厚で柔らかな白い光のなかで世間の喧騒が鎮まっていく。褐色の影がひとつ底から立ち昇り、朦朧とした記憶のなかに、我が身の脂肪の中で息絶えた鵞鳥のばらばらになった四肢が透けて見える。

パロマー氏はパリの精肉店で列の後ろに並んでいる。連休中で別段書入れ時でもないというのに、この店には平常通り客が押しかけている。なにしろこの大都会でも指折りの食通《グルメ》の店なのだ。大衆相手の商売が頭打ちになり、消費者の所得は伸びず、税金は高い、そこへ今回の不景気である。おかげで昔ながらの店がひとつまたひとつと取り壊され、没個性的なスーパーに取って代わられていった。そんな中、この界隈で奇跡的に生き残ったのがこの店なのだ。

列について順番を待ちながら、パロマー氏は小瓶をじっと見つめている。材料として鵞鳥の脂肪を欠かすことのできない、豚や羊の肉と白いんげん豆を煮込んだこってりとしたシチュー、カスレのことを記憶の中から捜し出そうとしているのだ。だが味覚の記憶も、記憶にある教養もかれの助けにはならない。それでもその名前や姿や思いがかれをうっとりとさせ、突然、喉のあたりというより、エロスにまつわる白日夢をよみがえらせる。鵞鳥の脂肪の山から女のからだが浮かび上がり、薔薇色の肌が白く塗りこめられる。するともうかれは、その女体めがけて客のものすごい人ごみを掻きわけ、そのからだを抱きしめ、彼女といっしょに溺れていく自分の姿を思い描いているのだった。

脳裏からふとどきな考えを追い払い、サラミで飾られた店の天井を見上げる。夢の楽園の小枝についた果実のように、クリスマスの花飾りから垂れ下がっている。大理石の食器棚のまわり一帯、豊かさが文明や芸術が磨き上げてきたさまざまな形のなかで勝ち誇っている。野鴨のパテの薄切りの中に、荒野を駆け巡り飛び回る姿は永遠に刻み込まれ、芳しい香りの綴織の中で鈍化される。キジのガランティンは、灰赤色の円い瓶の中でひろがっている。その出自を証すかのように、鳥の二本の足が家紋かルネサンス様式の家具かなにかから突き出た鉤爪のように、とば口まであふれている。

まわりをくるむゼリーごしに黒いトリュフの大きなしみが、道化師の上着のボタンか楽譜の音符のように列をつくって点々と浮かんでいる。それに肩を並べるようにして、フォアグラのパテやソプラッサータやテリーヌの色とりどりの薔薇の花壇や、ガランティン、スモーク・サーモンの扇が、帽章のように飾られたアーティチョークを背景にして並んでいる。トリュフの小さな丸い切れはしが基調色となって、仮面舞踏会が夜会服で黒一色に染まってみえるように、素材の多様性に統一を与え、盛装した食物たちを引き立てている。

それに引き替え、カウンターを目がけて殺到する客たちのほうは、むっつりとして陰気で冴えない表情をしている。まずは年配と思われる、白衣姿の女店員が無愛想だが手際良くかれらを捌いていく。マヨネーズでテカテカした鮭のカナッペの輝きが客たちのくすんだ買物袋にすい込まれ消えてゆく。もちろん客たちは男も女も銘々が自分の欲しい品物を正確に心得ていて、迷うことなく毅然とした態度でお目当ての品めがけてまっしぐらに突き進み、ヴォロヴァンや血抜きソーセージや豚の脳味噌詰のソーセージの山をすごい速さで崩していく。

パロマー氏はかれらの視線のなかに、この宝の山の魅惑が少しなりと反映してはいないかと探ってはみたが、どの顔もしぐさもただ苛々として捕らえどころがなかった。自分が手に入れたものやまだ手に入れてないもののことが気懸かりで、気を高ぶらせ、自分のことしか頭にない、といったふうだった。かれの眼には、この中の誰一人としてショーウィンドーやカウンターからほとばしり出るパンタグリュエルの栄光にふさわしいとは思えなかった。歓喜も若さもない貪欲さがかれらを駆り立てているのだ。だが、かれらとこの食物たちとのあいだには、食物はかれらにとって同質であり、かれらは食物の肉からできた肉体をもっている、という先祖代々の深い結びつきがあるのだ。

パロマー氏は、なにか嫉妬にとてもよく似た気持ちになっているのに気づく。大皿の上でアヒルや野兎のパテが、ほかの人間よりかれのほうが好みだとか、かれこそが唯一自分たちの贈り物にふさわしい人物だとか、態度で示してくれたらいいのに。自然と文化が何千年にもわたって受け継いできた贈り物を、不浄の手に渡してたまるものか！　こうして神聖な熱狂がこみあげてくるのは、もしかしたらかれだけが選ばれし者、神の恩寵に触れし者だという証ではないだろうか、かれだけが豊饒の角、コルヌコピアイから溢れ出るこの世の宝の豊かさに価するという証ではないだろうか。

芳しい香りのオーケストラの震えを感ずるのを待ちながら、周囲を見回してみる。いや、何も震えはしない。ここにある珍味はどれもかれのなかに曖昧でぼんやりした記憶をよみがえらせはするのだが、かれの想像力は本能的にその姿や名前から香りを連想するわけではない。食い道楽といっても自分のは主として精神的、美学的、象徴的なものではないだろうか、とかれは自分に問いかけてみる。たぶん、どれほどかれが心からガランティンを愛していても、ガランティンのほうはかれを愛しはしないだろう。ガランティンには、かれの視線があらゆる料理を文明の歴史の一資料や博物館の陳列品に変えてしまうのがわかるのだ。

パロマー氏は行列がもっと速く進んでくれたらと願う。もしあと何分かたてば、自分こそ不浄の者、門外漢、自分こそが除け者だと悟ることになるのがわかっているのだ。

Ⅱ・2・2　チーズの博物館

パロマー氏はパリで、あるチーズの店の列に加わっている。さまざまなスパイスと香草を調味料に、透明の小さな容器に入ったオリーブ油漬の羊のチーズで買いたいものがあるのだ。客の列は、まずめったにどこでもお目にかかることのないような名物チーズがずらりと並べられたカウンターに沿って進んでいく。思いつく限りのあらゆる乳製品の形態を例証してみせるとでもいうかのような品揃えの店である。それどころか、めったにお目にかからないような古めかしいというか、お国言葉の形容詞を使った《乾酪専門店《Spécialités fromagères》》という看板が、ひとつの文明がその歴史と地理全体を通じて蓄積してきた知恵の遺産がこの店に保管されていることを告げている。

ピンク色の上っ張りを着た三、四人の娘たちが客を捌いてゆく。ひとり手が空いたかと思う間もなく、列の先頭の客にかかって注文を促す。客のほうは、それなりにはっきりと自分の食欲をそそる品物の方へ店の中を移動しながら、その名前を告げたり、たいていは指差したりする。

その瞬間、列全体が一歩前に移動する。そして、それまでうっすらと緑色に染まった《ブルー・ドーヴェルニュ》の側に立ち止まっていた者は、ぴったりと張り付いた藁くずに白い光を投げかけている《ブラン・ダムール》のところにやってくる。紙にくるまれたボールを見つめていた者は、灰をふりかけた立方体に気持ちを集中することができる。なかには、こうした偶然の休止による出会いから新たな刺激や欲望を掻き立てられる者もいる。注文しようとしていたものを変えたり、注文リストに新しい品を付け加えたりするのである。かと思うと、一瞬たりとも目で追っている品から気をそらすことなく、偶然巡り合った新たな示唆などどれも、それを除外することによって、自分が頑固に欲している物の領域を限定するのに利用するだけ、という者もいる。

パロマー氏の心は相反する衝動のあいだで揺れ動いている。洩れなく完璧な知識をもとめたいという衝動、だがそれはあらゆる品質を味わってはじめて満たされるものかもしれない。もうひとつは、絶対的な選択、つまり唯一自分のものだというチーズの究明をめざす衝動。そんなチーズは、まだかれには見分けがつかなくとも（自分でそうだと認められなくとも）、きっと存在するのだ。

それとも、問題なのはもしかしたら、自分のチーズを選ぶことではなくて、選ばれることなのかもしれない。チーズと客とのあいだにはなにか持ちつもたれつの関係があるのだ。チーズは一つひとつが自分の客を待っていて、かれの気を惹こうと澄ましてみたり、ちょっとお高くとまってつんけんしてみせたりする。それか反対に、おとなしく諦めて観念してみせたりもする。

共犯関係めいた影があたりに漂っている。味覚に加えてとりわけ嗅覚が洗練されると、皿に盛られたチーズが娼館のソファーに身を投げ出しているように見える、そんな自堕落で悪ぶった瞬間が嗅ぎ分けられるものだ。己の美食の対象を汚らわしい綽名で汚すとき、よこしまな冷笑が浮かぶ。クロタン（糞）、ブール・ドゥ・モワーヌ（坊主頭）、ブトン・ドゥ・キュロット（半ズボンのボタン）……

パロマー氏が促されたのはこの種の知識を深めることではない。ただ人間とチーズとの直接的な即物的関係の単純さを決定すればよかったのだ。しかし、かれがチーズに代わって、チーズの名前やチーズの意味内容や、チーズの歴史やチーズの概念や、チーズの文脈やチーズの心理を見て、チーズ一つひとつの背後にそうしたものすべてがあるのだということを（知るというより）予感するとなると、関係はかなりこみいったものになってくる。

このチーズの店がパロマー氏には独学者のための百科事典のように思えてくる。すべての名前を記憶して、石鹸やら立方体とか、丸屋根やら球とかいった形によって分類したり、乾いているか、バター状かクリーム状か、肌理《きめ》が粗いか細かいといった堅さによって、あるいは、干し葡萄や胡椒、くるみやセサミ、香草やカビといった皮や生地の中に混ぜられた別の材料に基づいて分類することも可能かもしれない。だが、そんなことをしてみたところで一歩でも、真の認識に近づくことはないだろう。それは、記憶と想像力とが一体化して形成される味覚の経験のなかにあるのだから、そしてそれに基づいてはじめて、味や好みや興味や拒絶の尺度を決定することが可能になるはずなのだ。

あらゆるチーズの背後には、それぞれ異なる空の下、一つひとつ異なる青さをもった牧場がある。ノルマンディーの潮流が毎夕運んでくる塩のこびりついた草原、風の強いプロヴァンスの太陽の下で芳しく香る草原。家畜の群れにも、厩舎で飼われるもの、季節ごとに移動するもの、いろいろある。この店がひとつの博物館なのだ。パロマー氏はここを訪れると、ルーヴル美術館にいるときと同じように、どの陳列品の背後にもその商品にかつて形を与え、そして今またそこから形を得ようとしている文明の姿を感じるのだ。

この店は一巻の辞書なのだ。言語は総体としてはチーズの体系なのだ。ひとつの言語としてみれば、形態論的には無数の異形を有する語形変化と動詞変化を記録し、語彙論的には、無尽蔵に豊富な同義語、慣用句的表現用法、意味の微妙な相違や含蓄を示す。言語一つひとつがすべて百種の地方語の供給を受け、その滋養を吸い取っているようだ。これは事物でできた言語なのだ。その用語体系は便宜的で外面的なものにすぎない。しかしパロマー氏にとっては、自分の眼の前をかすめてゆくものたちを一瞬でも留めておこうと思うなら、少々用語体系を身につけることが、やはり、まず第一に採るべき方策であることに変わりはない。

ポケットからメモ帳とペンを取り出し、名前を書き留め、その一つひとつの名前の側に、姿を記憶に呼び起こすことができるように呼び名を記しはじめる。形の簡単なスケッチまで描こうとする。「パヴェ・デールヴォ」と書いて、《青カビ》と註をつけてから、ひしゃげた平行六面体をひとつ描き、その横に《約四センチメートル》と註を入れる。「聖《サント》モール」と書いて、《ざらついた灰色の立方体、中に細い棒あり》と註をつけてから、デッサンをして、目測で《二〇センチメートル》と書き込む。それから「シャビショリ」

と書いて、小さな立方体を描く。

「お客さん、もし、お客さんったら！」

ピンク色の上っ張りを着た若い女店員が、メモに夢中になっているかれの前にいた。かれの番だった。順番がきたのだ。列の後ろでは皆がかれのけしからぬふるまいに注目しながら、皮肉と苛立ちの入りまじった様子で首を横に振っている。大都市で暮らしていると、うろつきまわる頭の弱い連中はどんどん数が増える一方なんだから、とでも言いたげである。

かれの記憶から、するつもりだった周到な珍味の注文が消えてしまった。かれは口ごもって、至極当り前の、陳腐極まりない、いちばんよく宣伝されているやつでその場を切り抜ける。まるで大衆文明の無意識的行為が、思い通りにかれを振り回そうと、かれがしどろもどろになるこの瞬間をひたすら待ち構えていたかのようだ。

Ⅱ・2・3　大理石と血

買物籠を下げて肉屋に足を踏み入れたときに生じる反省は、さまざまな知の領域において何世紀にもわたって送り伝えられてきた認識を含んでいる。たとえば、いろいろの塊肉や薄切り肉に関する権威、それぞれの肉の最高の料理法、自分の種族を養うために他の生命を絶つことからくる後ろめたさを和らげてくれる数々の儀式などである。畜殺の知恵と料理法の知恵は、国ごとに異なる風俗や技術を考慮しながら実験することによって、精確な証明が可能な科学の領域に属している。ところが献身の知恵はといえば、不安感にさいなまれながら、おまけに何世紀ものあいだ忘れ去られてはいたものの、なにか内にこもった要求のようにぼんやりと意識の上に重くのしかかっている。肉に関するあらゆる敬虔な犠牲的精神とでもいったものが、ステーキ肉を三枚買おうとしているパロマー氏を導いてくれる。肉屋の大理石のあいだで、自分個人の存在と自分が属する文化とがこの場所に左右されるのだということを意識しながら、寺院の中にでもいるようにかれは立ちつくしている。

客の列は大理石の高いカウンターに沿ってゆっくりと進んでゆく。棚や大皿の上には、一つひとつに値段と名前を書いた札を差した肉が並んでいる。雄牛のあざやかな赤に、仔牛の明るい赤や羊のくすんだ赤、豚の暗い赤が肩を並べている。リブロースの大きな薄切り肉や、ラードの帯が巻かれた厚くて丸々としたヒレ肉、すっきりほっそりとした背肉のサーロイン、手に余るくらい太い骨に身を固めたステーキ肉、どっしりとした赤身ばかりの尻肉、赤身と脂身が層になった茹で肉、わが身を貫く運命をもたらす串を待つロースト。それらが血の色に染まっている。この色合いも、仔牛のエスカロップ、リブロース、肩肉や胸肉、雄牛の軟骨ときて、和らいでいく。そうなると今度は、羊の腿肉や肩肉の領分である。さらにその先には、白い光を放つ仔牛の腸や、黒々とした肝臓が……

カウンターの向こう側では、白衣を着た肉屋の店員たちが、刃が台形をしたチョッパーや、薄切り肉を作ったり皮を剝いだりする小型の包丁をふるっている。鋸で骨を切っているのも、挽肉を作る機械の漏斗に桃色のぐにゃぐにゃした渦巻を肉叩きで押し込んでいるのもいる。鉤からぶらさがっている大きな薄切り肉は、わたしたちの一口一口が生前は五体満足だったものを勝手な都合で引き裂かれてしまった生物の一部だということを思い出させてくれる。

壁には、雄牛の略図を描いた大きな紙が張ってある。角と蹄を除いた雄牛の解剖図には食用部分を区切った境界線が何本も走っていて地図のようにみえる。これは人間の生息環境を示す分布図なのだ。この地球という球体と同じく、地上の大陸や動物の胴体を余さず手に入れ、分配し、たいらげてしまうという、人間に与えられた権利を裏付けてくれる公文書なのだ。

言っておかなければならないのは、人間と牛の共生関係が何世紀もかかって(ふたつの種ともに繁殖しつづけることを認めた上で)、不均衡(確かに人間は牛を飼育するのに手を尽くすものの、それを自分の問題として考えようとはしない)はありながらも、それなりの均衡状態に辿りついたということである。そしてこの共生関係こそが、通常「人類の」と呼び習わされている文明の繁栄を保証してきたわけだが、この文明はその割合からいえば、「人類と牛の」と呼ばれるべきものであるだろう(部分的には「人類と羊の」、さらに部分的には「人類と豚の」、といった具合に、宗教的な禁忌事項に関する複雑な地理上の選択肢に従う必要もあるかもしれない)。こうした共生関係にパロマー氏は明確な自覚と目いっぱいの同意をもって加わっているのだ。ぶらさがっている雄牛の残骸のなかに八つ裂きにされた自分の兄弟の姿を、リブロースの薄切りには自分のからだを切り裂く痛みを認めながらも、かれは肉食動物でいることができる。自分の食生活の伝統に操られて、肉屋から味覚の幸福のもとを集め、赤みがかった薄切り肉を見ては、網焼きのビフテキの上に炎が残す縞模様や黒い光沢のある繊維を噛むときの歯の快楽を想像しているのだから。

ひとつの感情が別の感情を押し退けたりはしない。肉屋で行列をしているパロマー氏の気分は、抑制された歓喜と畏怖、欲望と敬意、身勝手な心配と普遍的な共感とがないまぜになった、たぶん、他の人間なら祈りのなかで表現するような、そんな気分なのだ。

Ⅱ・3　動物園のパロマー氏

Ⅱ・3・*1*　キリンの駆け足

パロマー氏はヴァンセンヌ動物園にあるキリンの檻の前で足を止める。時折、おとなのキリンが子どもを従えて駆けだし、檻の金網のすぐ間際まで一目散に突進し、その場でぐるぐる回ってみせる。そしてこれを二度三度全速力で繰り返した後、停止する。パロマー氏は、その動きのちぐはぐさにひかれて、飽きもせずキリンの駆け足を見守っている。後ろ足の運びが前足の運びと何の関係もないせいで、駆け足なのか速足なのか決めかねているのだ。だらんとした前足が胸のところまで弓なりになってから地面につくまで伸びる様子は、たくさんある関節のうち、どれをその特定の瞬間に曲げたら良いか迷っているみたいだ。前足より短くて硬い後ろ足は、跳躍の際、少し斜め後方に引かれて、木製の義足か松葉杖かなにかで足をひきずっているようにみえる。それも戯《おど》けてみえるのを承知のうえでふざけてやっているようだ。前方に突き出された首はクレーンの支柱のように上下に波打ち、四肢の動きと首の動きとの間に何らかの因果関係を設定することなど不可能に思える。それに加えて背中を丸める動きは、脊柱の残りの部分に働きかける首の動きそのものである。

キリンは、雑多な機械から掻き集めた部品の寄せ集めで組み立てられている割には、ともかくも完璧に作動するメカニズムのようだ。パロマー氏は、キリンの駆ける姿をずっと観察しているうち、その調子はずれな足踏みを支配する複雑な調和とでもいうようなものがあることに気づいた。目障りこの上ない解剖学的不均衡同士を結びつける内的均衡とでもいうか、その不恰好な仕草から生じる持ち前の優雅さとでもいうべきものがあるのだ。この統一的要素は、不規則にみえて均質なかたちで配列されている体表の斑点や、骨張っているがすっきりした輪郭によってもたらされる。これが、キリンの寸断された動きに精確に呼応する図式となって調和を与えているのだ。だが話題にすべきなのは、斑点のことより、黒い体毛の統一感が菱形を目で追っていくと姿を現わす明るい筋のようなもので粉々にされてしまう、ということだろう。色素沈着の不連続性があらかじめ運動の不連続性を予告しているわけである。

このとき、しばらく前からキリンの見物に飽きていたパロマー氏の娘がかれをペンギンの岩屋のほうへ引っ張っていく。パロマー氏は自分を不安にするペンギンの姿を不承不承目で追いながら、自分の関心がキリンに向く理由を心のなかで探っていた。たぶん、自分を取り巻く世界がぎくしゃくしているせいで、何か変わらないものを、見取図のようなものを見つけ出すことができたらと絶えず願っているからかもしれない。もしかしたら、互いに何の関係もないように見える連関性のない心の動きに突き動かされているのは自分自身なのであり、だからどんな内面の調和モデルにも合致させることがいっそうむずかしくなっているのかもしれない。

II・3・2　シラコのゴリラ

バルセロナ動物園には、赤道アフリカに棲息するゴリラで、シラコの大型猿として世界に知られている唯一の実例が存在する。そのゴリラの展示館を幾重にも取り巻く人ごみをパロマー氏は掻きわけていく。大きな硝子の向こう側にいる《コピト・デ・ニエヴェ》(《フワフワ雪ちゃん》、これが愛称なのだ)が、肉の塊と白い皮膚でできた山のようにみえる。壁に寄りかかって腰をおろし日向ぼっこをしている。人肌色をした顔面に念入りに刻まれたしわといい、胸からのぞく毛のないピンク色の皮膚といい、白色人種の肌を思わせる。巨大な部分からできたその顔は、悲しげな巨人のようで、時折、硝子ごしに、自分から一メートルと離れていない見物客の群れのほうに向けられる。失望と忍耐と倦怠とが込められた緩慢な視線。それは、世界でただ一つ愛されもせず特別でもない形態の標本としての、今の自分の姿を諦めきっているようにも、風変わりな自分の姿をしょい込んでいく気苦労や、こんなにも場所ふさぎで目障りな自分の存在が時間と空間を占領することの苦痛を余すところなく表現しているようにもみえる。

硝子ごしにひろがる高い壁で塀を囲まれた檻の眺めは刑務所の中庭を思わせるが、実際には、ゴリラの檻の家の《庭》なのだ。地面には葉のない低い木が一本と体操用の鉄梯子が立っている。その小さな中庭の奥まったところに、黒くて大きな雌のゴリラが小さな、同じように黒いゴリラを抱えている。皮膚の白さは遺伝しなかったのである。《フワフワ雪ちゃん》はゴリラのなかで唯一シラコのままなのだ。

じっと動かない白い髪のゴリラはパロマー氏に、ピラミッドや連なる山のような、忘れることのできない古代の遺物を連想させた。実際にはまだ若いのに、ピンク色の顔とそれを縁取る毛足の短い純白の肌、特に目の回りのしわとの対比が老人のような面立ちを与えていた。それ以外、《フワフワ雪ちゃん》の外観は人間にさして似たところがない。鼻の位置には鼻孔が二重の渦を巻いているし、やけに長くて硬い両腕の先についている、毛深く(言ってみれば)関節のほとんどない手は実際、まだ四肢の一部で、四本足の哺乳類と同じように、歩くときに地面を支えるのに用いるのである。

今その腕である四肢が胸のところに自動車タイヤのチューブをしっかり締め付けている。《フワフワ雪ちゃん》は、果てしなく続く空白の時間、けっしてタイヤを放そうとしない。この物体がかれにとって何だというのだろうか？　単なるオモチャなのか。マスコット？　おまもり？　パロマー氏にはこのゴリラの気持ちが完璧にわかるような気がする。何もかもが自分から逃げていくなかで、何かひとつしっかりと繋ぎ留めておきたいというその欲望が。それは、自分の妻たちからも子どもたちからも、動物園の参観者と同じ眼で、絶えず生ける珍獣と見なされる罰を受け、疎外感と孤立感にさいなまれることの苦悩を和らげてくれる何かなのだ。

雌も専用の自動車タイヤのチューブを持ってはいるが、それは彼女にとって取り立ててどうということのない関係にある道具のひとつである。ソファーがわりに腰を降ろし、息子のノミを捕りながら日向ぼっこをするのである。ところが《フワフワ雪ちゃん》にとってタイヤとの関わりは、情動的な所有関係にある、どこか象徴的なものに思える。そのタイヤから、人間が生の苦悩からの脱出口を求めるように、かれにもそんな糸口が垣間見えるのかもしれない。自分自身を事物と一体化させ、記号のなかに自分の姿を認め、世界を象徴の集合に変えてしまう。まるで生物学的な長い闇にはじめて訪れた夜明けの兆しのようだ。このためにシラコのゴリラが自由に使えるのが一本の自動車タイヤという、かれとは無縁の、象徴能力皆無の、意味も剝き出しの、人間の手になる人工物たったひとつというわけだ。じっと見つめたからといって、そこから多くが引き出せるものでもあるまい。だからといって、この虚無の輪以上にかれがそこに込めようとする意味すべてを担うことのできるものがあるだろうか？　おそらくタイヤと一体化することによってゴリラは、沈黙の底で、言葉の湧き出る泉に辿りつこうとしているのだ。自分の想いと、自分の生涯を左右する回復不可能な事実の無言の証拠との関係の流れを見極めようとして……

動物園を後にしてもパロマー氏はシラコのゴリラの姿を脳裏から払い除けることができない。たまたま出会った相手にそのことを話してみても、誰も耳を貸してはくれない。寝つかれなかったり眠りが浅かったりする夜には、相変わらずあのゴリラが姿を現わす。「あのゴリラがタイヤを言葉にならないたわ言のために、手で触れることのできる心の支えとして利用しているように」とかれは考える。「同じようにわたしもこの白いゴリラの姿を大切にもっていることにしよう。誰だって両手のあいだで空っぽの古タイヤをぐるぐる回しながら、それを介して言葉ではとどかない究極の意味に辿りつきたいと願っているものだ」

II・3・3　鱗の秩序

パロマー氏は自分がイグアナに惹かれるのがなぜか分かればいいのにと思う。パリにいるときには折をみて植物園にある爬虫類館を訪れてみるのだが、一度も期待を裏切られた試しはない。イグアナの姿がそれ自体稀有な、というより他に類を見ないものだということは充分承知している。しかしそれ以上のなにかがある気がして、それがうまく言えないのだ。

イグアナ科イグアナは斑点のある微細な鱗の織物のような緑色の皮膚で覆われている。この皮膚が余分にあるために、くびや四肢のところで、しわになったり袋になったりふくらんだりしていて、体にぴったりするはずの洋服がどこもかしこもだぶついている、といった具合である。背中の線に沿ってギザギザの突起が隆起して、尾までつづいている。尾もあるところまで緑色をしているが、そこから先は先端にいくにつれて色が薄くなり、明褐色と暗褐色とが交互に幾重もの環になって分かれている。緑色をした鱗状の鼻口部の上では、眼が閉じたり開いたりしている。この視線と注意と悲哀とに恵まれた《進化した》眼こそ、その竜に似た面影の下に何かもうひとつ生物が潜んでいはしまいかと思わせるものだ。気のおけない動物たちによく似た動物、見かけほどわたしたちと隔たりのない生物が……

そして、顎の下にはまた別のトゲ状の突起が列生し、くびの上には円形の白斑がふたつオーディオ・スピーカーのように並んでいる。おびただしい付属物とガラクタは身を守るための仕上げと飾りなのだろうか、動物界において、そしておそらく他の生物界においても誂えのきく形の見本でもあるかのように、こんなに余分な物をたった一匹の動物が残らず身にまとって、一体どうしようというのだろう。その体の中からわたしたちを見つめている何者かを偽装するのに役立つというのだろうか。

五本指の前足は、肉厚でかたちの良い正真正銘の腕の先についていなければ、手というより鉤爪を思わせるだろう。これと違って後ろ足のほうは、長くふっくらとしていて、その指は植物の分枝のようだ。だがイグアナという動物は全体として、諦めきって身じろぎもしない無気力な雰囲気の中にも、どこかしら力強さを感じさせる。

パロマー氏はイグアナ科イグアナの陳列窓のところに立ち尽くしていた。互いにしがみついている十四の小さなイグアナをじっくり見比べていたのである。十四は肘と膝を巧みに動かして絶えず位置を変え、精いっぱい体を伸ばしている。皮膚はきらきらした緑色で、鰓のところに銅色の小さな点がひとつ、尖った白いひげ、大きく開いた明るい色の眼が黒いひとみを囲んでいる。それから、体と同色の砂の中に隠れるようにしているのはサヴァンナ・オオトカゲ、カイマンワニによく似た黄色まじりの黒色をしたのはテグーか熱帯アメリカ産のテュピナミビスだろう。砂漠色で、毛髪か木の葉を思わせる密集してとがった鱗に覆われたアフリカ産の巨大なコルディーロは、懸命に我が身を世界から排除しようとするかのように、尾で頭をくるんで体を丸めている。亀が一匹、透明な水槽に浸って緑灰色の甲羅と白い腹を見せている。柔らかでぼってりした感じだ。とがった鼻口部が襟を立てたようにのぞいている。

この爬虫類館での生活が、様式も計画もない形式の無駄使いに思えてくる。ここではすべてが可能なのだ。だから動物と植物と岩石が鱗とトゲと凝結物とを交換しあう。だが、その無限の組み合わせのなかでいくつかの組み合わせだけ(それもおそらく最も信じ難いもの)が固定され、それを解体し混合して新しい息吹を注ぎこもうとする流れに耐えるのだ。するとその形の一個一個が即座にひとつの世界の中心となり、この植物園の硝子の檻の列のように、他のさまざまな形から遊離して、その有限個の存在様態において、それぞれが不気味さと必然性と美しさを具えるとき、秩序が、この世で認識される唯一の秩序が成立するのだ。照明に照らし出された植物園のイグアナの陳列館では、爬虫動物が生まれ故郷の森や砂漠にある枝や岩や砂の影に隠れて眠っている。ここには世界の秩序が映し出されている。それは、天の思想が地上に投影されたものなのか、それとも秘められた事物の本質や存在するものの奥底に隠された規範が外部に現われたものなのだろうか。

この雰囲気が、爬虫動物そのもの以上に、パロマー氏を漠然と惹きつけるものなのだろうか。じっとりと湿った熱気が海綿体のように大気を浸す。鼻をつく腐ったような息苦しい臭いに思わず息を止める。昼も夜もない不動の中に光と影がよどむ。これは人間を離れた者の感覚だろうか。どの檻の硝子の向こう側にも、人間世界が永遠でもなく、唯一でもないことを示すかのように、先史時代の世界が、でなければ人類絶滅後の世界があるのだ。ニシキヘビやボアや、竹藪に棲むガラガラヘビや、バーミューダ諸島に棲息するヤマカガシが眠っている園舎をパロマー氏が一つひとつ点検して歩くのは、自分の眼でこのことを確かめるためなのだろうか。

しかしこうした人間抜きの世界について、どの陳列窓も、いまだかつて存在したことさえないかもしれない自然の連続性から引き剝がしてきた最小限の一例を示しているにすぎない。精巧な装置が温度と湿度を一定に保っているわずか数立方メートルの空気に生命を維持しているわけだ。ノアの洪水以前から存在するこの動物の標本はどれも人工的にすぎないのだ。それゆえ、ノアの洪水以前から存在するこの動物の標本はどれも人工的な物のようなものなのだ。あるいは、いわば頭脳が生んだ仮説、空想の産物、言語による構築物のようなものなのだ。あるいは、唯一真実なのはわたしたちの世界だということを証明するための逆説的論証なのかも……

ようやく今ごろになって爬虫動物の臭いに耐えられなくなったかのように、パロマー氏は急に屋外に出たくなる。それには、柵で仕切られた水槽が並ぶワニの大きな部屋を横切らねばならない。水槽の傍の乾いたところはどこも、ワニたちが一匹で、あるいはつがいで横たわっている。くすんだ色、ずんぐりした体、ザラザラした表皮、恐ろしい顔。残忍そうな長い鼻に冷たい腹、幅広の尾、それを全部地面にぴったり張りつけるようにして、ぐったりと横たわっている。みんな、眼を開けたままでいるのも、眠っているように見える。もしかしたら、みんな悲しみのあまり、眼を閉じていても眠れないのかもしれない。時折、のそのそと体を揺らしてから、短い足でわずかに体を起こし、水槽の縁まで這っていくのがいる。腹から平らに飛び込んで波しぶきをたてたかと思うと、体をくねらせながら水中に潜り、またじっと動かなくなる。並外れた辛抱強さなのか、このワニたちの態度は、それとも終わりのない絶望なのか。一体何を待っているのか、それとも何を待つのをやめたのか。どの時代に水中に潜ったのか。ひとりの人間の誕生から死へと駆けぬける時間の流れから解放された種が生きていた時代のことだろうか。あるいは大陸が移動を繰り返し、浮上した大地の地殻が固まった、地質学上の時代だろうか。あるいは太陽光線が凍てつくなかでだろうか。わたしたちの体験外の時代に思いを馳せることは耐え難いものだ。パロマー氏は急いで爬虫類館を飛び出した。ここは、たまにやって来て駆け足で観賞するだけでよい場所なのだ。

Ⅲ　パロマー氏の沈黙

III・1　パロマー氏の旅

III・1・*1*　砂の花壇

白い砂が敷きつめられた小さな庭園。小石ほどもあろうかという荒い砂が熊手で掻きならされ、小石と丈の低い岩からなる不揃いな五つのかたまりを取り巻き、平行に走る直線状の畝や幾重もの同心円を描いている。これが日本文化のもっとも有名な名所のひとつ、京都竜安寺の岩と砂の庭園である。この庭園は、仏教のなかでもっとも精神的な宗派である禅宗の僧侶が説くところに拠れば、言葉によって表現できるもろもろの概念の助けを借りなくても、単純極まりない方法で到達できる絶対者の瞑想の典型的な姿だという。

無彩色の砂の矩形の枠は、瓦屋根を載せた壁で三方を囲まれ、壁の向こうには木々が青々と映えている。残りの一辺は階段状の木の縁側になっていて、参観者が通り抜けたり足を止めたり、腰を降ろすことができるようになっている。《我々の心の眼がこの庭園の眺めにうっとりするとき》と、参観者に配られる日英両国語で書かれた、この寺の住職の署名入りのパンフレットは説明している。《我々は個人としての私の相対性によって自分自身が裸になるのを感じるだろう。その一方で絶対的な私についての直観が我々を穏やかな驚きで満たし、我々の曇った心を清めてくれるだろう》

パロマー氏はこの忠告に安心して従ってみることにして階段に腰を降ろす。岩を一つひとつ観察し、白い砂の波模様を目で追う。そしてその絵模様の諸要素を結びつけている言い様のない調和が徐々に自分を見失わせていくのに任せる。

そうでなくとも、そうしたすべてのことを、禅の庭園をひとり黙って凝視することのできる者が感じることを同じように思い描こうとしてみる。なぜなら(言い忘れていたが)パロマー氏は四方から自分を押してくる何百人もの参観者に挟まれた窮屈な姿勢で縁側にいるわけで、カメラやらビデオ・カメラやらが人込みの肘や膝や耳の間からせり出してきて、あらゆる角度から岩や砂をとらえようと、自然光やフラッシュで照らし出されているからである。ウールの靴下を穿いた足が(靴は、日本では毎度のことだが、入り口で脱いでいる)彼を跨いでいく。教育熱心な親たちに押し出されておびただしい子どもたちが最前列にやってくる。制服姿の学生たちの集団が押し合いへし合いしている。かれらは一刻も早く、この名所見学を切り上げたいだけなのだ。参観者たちはリズミカルにうなずきながら、案内書の記述が限なく事実と照合しているか、現実に目に見えることが洩らさず案内書に記載されているか確かめている。

《この砂の庭園は果てしない大洋に浮かぶ岩だらけの大小さまざまな島々、あるいは雲海に聳える高い山々の頂だと見なすことができる。この庭は、寺の壁に縁取られた一幅の絵画と見ることも、その額縁を忘れて、砂の海が無限にひろがり全世界を覆い尽くしているのだと自分に言い聞かせることもできる》

こんな「取り扱い注意書き」がパンフレットに書いてあって、それがパロマー氏には実にもっともらしく、即座に簡単に適用できそうにみえる。もっともひとりの人間が個人であることを捨て、解体し、視線のみになりうるような「私」の内側から世界を眺めている、そう心底確信していればの話である。だが、この前提こそ、なお一層想像力を働かせることを要求するものなのである。何千もの眼を通して眺め、何千もの足で定められた参拝順路を辿っていく一体化した群衆、その中で自己の「私」が膠着状態にあるとき、これは甚だ困難なことだ。

するど残された結論はひとつ。あらゆる所有関係や傲慢さから切り離された、慎ましさの極致に到達するための禅の精神修養は、その必然的背景として、貴族主義的特権を有していて、自己を取り巻く悠揚たる時空間を備えた個人主義というか、苦悶なき孤独の地平とでもいったものを前提としているのではないだろうか。

しかしこの結論も例によって大衆文明の普及によって楽園が失われたことを嘆く結果となってしまい、パロマー氏には容易すぎるように響く。かれはもっと困難な道を選ぶことにする。この禅の庭園が、今こうして人びとの頭のあいだから顔をのぞかせることで眺められる特定の状況において、かれに眺めることを許容してくれるものを手繰り寄せてみることにする。

何が見えるだろうか？　平準化された群衆の中にひろがる偉大な時代の人類が見える。だがその群衆が、世界の表面に浮上したこの砂粒の海のように一個一個明確な個人で構成されていることに変わりはない……それでも世界は相変わらずかたくなに背を向けたまま、人間の運命などお構い無しのこわばった様子で、けっして人間に同化することのない厳しい本質を示している……人間という砂粒が加わったさまざまな形が運動曲線に従ってひろがっていく姿が、かれの眼に見える。さまざまな図形が直線や曲線の熊手の跡のように規則性と流動性を組み合わせて描かれていく……そして砂である人間と岩である世界とのあいだに、異なるふたつの種類の調和が醸し出すことのできる、ひとつの調和が成立する。いかなる図形にも呼応しないと思える力の均衡状態にある人間ならざるものの調和と、幾何学的もしくは音楽的な、しかもけっして最終的ではない構成を備えた合理性を希求する人間的諸構造の調和とが……

III・1・2　蛇と頭蓋骨

パロマー氏はメキシコにある、トルテカ族のかつての首都トゥーラの遺跡を見学している。かれを案内してくれたメキシコ人の友人は、この国がスペインの植民地になる以前の文明に精通していて、ケツァルコアトルにまつわる実に美しい伝説を熱心に滔々と物語ってくれる。ケツァルコアトルは神になる前、このトゥーラに宮殿を構える王であった。その宮殿の円柱の残骸が、どこか古代ローマの宮殿を思わせる雨水だめを囲むようにして残っている。

明けの明星の神殿は階段状のピラミッドになっている。そのてっぺんには、神ケツァルコアトルが（背中に付いている星の象徴である蝶によって）明けの明星であることを表現した、《男像柱アトラス》と呼ばれる四本の円柱カリアティードと、翼のある蛇の彫刻が施された四本の円柱が立っている。この蛇もやはり動物に化身した神ケツァルコアトルなのである。

こういったことはそっくりそのまま言葉どおり真に受けるしかない。それに反証を示すのも難しいだろう。メキシコの考古学では、彫像もオブジェもロウ・レリーフの細部も、その一つひとつがそれなりに何物かを意味する何物かを意味している。ひとつの動物が、ある要素か人間の性質かを意味する何かの星を意味するひとつの神を意味するものとなるといった具合である。これは絵画的エクリチュールの世界なのだ。古代メキシコ人は書くために図像を描いたのであり、ものを描くときでも、ものを書くのと同じことだったのである。だから図像の一つひとつが解読すべき判じ絵となってあらわれる。神殿の壁面に施されたこの上なく抽象的で幾何学的な帯状装飾さえ、その折れ線に何かのモチーフを認めるか、組み格子模様のつながり方に応じて何か級数を読み取ることができるとすれば、それを矢だと解釈できるだろう。ここトゥーラにあるロウ・レリーフには様式化されたジャガーやコヨーテといった動物の形象が繰り返し表わされている。例のメキシコ人の友人は一つひとつの石の前で足を止めては、その石を宇宙創成譚や寓話や道徳的反省に変えてみせる。

遺跡の中を生徒たちの一団が列をなして進んでくる。子どもたちの顔立ちはインディオのものだ。きっとこれらの神殿を建てた者たちの末裔だろう。ボーイスカウト風の白い質素な制服に空色のスカーフを巻いている。子どもたちを引率しているのは、かろうじて年上だとわかるものの、かれらと背丈のあまり変わらない教師だったが、かれも同じように意志の強そうな褐色の丸顔をしていた。一団はピラミッドの長い階段を昇り、円柱の下で立ち止まると、教師がその円柱がどの時代のもので、何世紀のものか、何の石に彫ったのかを告げ、それからこう言葉を結ぶ。

「なにを意味しているかはわからない」

そして生徒たちはかれについて階段を下る。どの彫像の前でも、ロウ・レリーフや円柱に彫られた、どの図像の前でも、その教師はいくつか事実関係を提供した後で、決まってこう付け加えるのだった。

「なにを意味しているかはわからない」

チャクモールと呼ばれる、かなりよく見かける彫像がある。半身になった人間が大皿を支えている。その大皿の上に、専門家の一致した意見では、生けにえとなった人間たちの死体の血のしたたる心臓が盛られていたわけだ。これらの彫像はそれ自体、柔和で野暮な木偶《でく》人形だと見てもかまわないのだろうけれど、パロマー氏は、ひとつ目にするごとに、どうしても背筋が寒くなってしまう。

生徒たちの列が通りかかる。そして教師が「これがチャクモールだ。なにを意味しているかはわからない」と言って、また先へ進んでいく。

パロマー氏は案内をしてくれている友人の説明を聞いてはいるのだが、結局いつも生徒たちとすれ違うことになり、教師の言葉のほうに気がいってしまう。友人の神話に関する豊富な話にはうっとりさせられる。解釈の遊びや寓話の解読が、かれには最高の頭の体操に思えたからだ。だが、学校教師の正反対の態度にも惹かれる自分を感じていた。はじめはその場しのぎの関心の欠如としか思えなかったものが、しだいに科学的で教育的な問題設定、それもこのまじめで思慮深い若者が方法として選んだ、違反してはならないひとつの規則であることが明らかになってくる。ひとつの石やひとつの図像が、ひとつの記号、ひとつの言葉が、その文脈を離れてわたしたちに届けられるとき、それは単にその石、その図像、その記号や言葉でしかない。それらをそのとおり定義づけ記述しようとすることはできるが、それだけのことだ。もしこのモノたちが、わたしたちに見せてくれる顔の外に、もうひとつ隠された顔をもっているとしても、わたしたちがそれを知ることは許されない。この石たちがわたしたちに示している以上のことを理解することを拒絶する。それがおそらく唯一可能な、石たちの秘密に対する敬意の払い方だろう。謎解きを試みるのは思い上がりなのだ。その失われた真の意味を裏切ることだ。ピラミッドの裏に壁に挟まれた廊下というか連絡壕が走っている。壁は一面が固めた土塀、対面が彫刻を施した石塀になっている。これが《蛇の壁》である。おそらくトゥーラでもっとも美しい作品である。レリーフの帯状装飾には連なる蛇が描かれ、その一匹一匹が人間の頭蓋骨を、いまにも呑みこまんばかりに口を大きく開けてくわえている。子どもたちが通りかかる。そして教師が言う。

「これが蛇の壁だ。どの蛇も口に頭蓋骨をくわえている。なにを意味するかはわからない」

友人が我慢できずに口をはさむ。

「わかっているとも。生と死の連続性さ、蛇が生、頭蓋骨が死なんだ。死をはらむが故に生であるところの生と、死がなければ生もないが故に死であるところの死が……」

子どもたちはポカンと口を開け、黒い目をキョトンとさせて、話に聞き入っている。ひとつの翻訳は必ずまた別の翻訳を要するものだし、しかもそれが果てしなく繰り返されていく、とパロマー氏は思う。

「なにを意味していたのだろうか。死と生は、連続と変化は、古代トルテカ族にとって。そしてこの子どもたちにとっては、どんな意味を持ちうるのだろうか。そしてわたしにとっては？」

　こうかれは自問してみる。それでいてかれは、ある言語表現を別の言語表現に、具象的図像を抽象的言語に、抽象的象徴を現実の体験に移し換えたり、翻訳したり、アナロジーの網の目を紡いで織り上げてみたい、という欲求を心の中で抑えておくことなど、けっして自分にできないことは心得ている。解釈しないなんて不可能だ。考えるのを止められないのと同じことだ。

　生徒たちの姿が曲がり角の向こうに消えた途端、小柄な教師の頑固な声がふたたびはじまる。

「違うんだ。あのセニョールがきみたちに言ったことは本当じゃない。なにを意味するかはわからないんだ」

Ⅲ・1・3　不揃いなサンダル

ある東洋の国を旅した折、パロマー氏はバザールでサンダルを一足手に入れた。家に帰って試しに履いてみようという段になって、サンダルの一方が片方より大きくて脱げてしまうことに気がつく。バザールの静かな一角にしゃがみ込んで、乱雑に積まれたありとあらゆるサイズのサンダルの山を前にした年老いた露天商を思い出す。その老人は、かれの足に合うサンダルの片割れを探して山のなかを掻き回しながら、かれの様子をうかがっていたが、見つけた片割れをかれに試させたのだった。そのあとでかれにこの身の程知らずの連れ合いを手渡し、かれがそれを試さず受け取ったというわけだ。

「たぶん今ごろ」

とパロマー氏は考える。「もうひとりの男が不揃いなサンダルを履いてあの国を歩き回っていることだろう」

するとやせた影がひとつ、足を引きひき砂漠を渡っているのがかれの眼に見えてくる。

履物の片方が一歩ごとに脱げそうになる。でなければ、小さすぎるせいで足が窮屈にねじれている。

「もしかしたらこの瞬間、男もわたしのことを想い、わたしに巡り合って、取り替えることを願っているかもしれない。ふたりを結ぶ関係は、人間同士が築き上げる大抵のかかわり合いより現実的で明確なものだ。なのにふたりが出会う日はけっしして訪れはしないだろう」

かれは出会ったこともない不幸の仲間への連帯の証として、この不揃いなサンダルを持っていようと心に決める。かくも類い稀な相互補完性を、ひとつの大陸からもうひとつの大陸へと引きずるような足取りが写し取られることを大事にしまっておくためにも。

そんな想像を表現するのに手間取りながらも、かれにはそれが真実でないことがわかっている。大量生産で縫製されたサンダルが山のように、あのバザールの老商人の積荷の山に定期的に補充される。山の底には対にならないサンダルが二個いつも残っていることだろう。だが老商人が在庫を売り尽くさないかぎり(そしておそらくけっして売り尽くすことはないまま、老人は死に、店は商品ごとそっくり相続人の手に、そしてそのまた相続人の手へと渡っていくことだろう）、山のなかを探しさえすれば必ずひとつのサンダルと対になるもう片方のサンダルは見つかるだろう。自分のようにうっかりした客が現われてはじめて、過ちは明らかになるのだろうが、その過ちのもたらす結果があの古いバザールを訪れるもうひとりの客の身にふりかかるまでに何世紀も経ってしまうかもしれない。世界の秩序が解体する過程はどれも再現不可能なものだが、その結果は、実際には新たな相似物や組み合わせ、結合からなる無限の可能性を含んだおびただしい塵芥のせいで隠蔽され、先送りにされる。

だが、もしもかれの過ちが過去の過ちを帳消しにするだけのものだったとしたらどうだろう？　かれの迂闊さが無秩序をではなく、秩序をもたらすものだとしたら？

「ひょっとしたらあの商人は自分のしていることを充分わきまえたうえで、」と、パロマー氏は考える。「わたしに不揃いなサンダルを渡し、幾世代もあのバザールに伝えられてきたあのサンダルの山の中に何世紀も潜んでいた不公平を修正したのかもしれない」

未知の同志はきっと別の時代を足を引きひき歩いていたのだ。ふたりの足取りが同じなのは、ひとつの大陸からもうひとつの大陸にかけてだけではなく、世紀を隔ててのことなのだ。だからといってパロマー氏の同志に対する連帯感は弱まりはしない。自分の分身を安心させようと、かれは苦心して足を引きつづける。

Ⅲ・2　パロマー氏と社会

Ⅲ・2・*1*　言葉をかみしめることについて

誰も彼もが躍起になって意見やら判断やらを言い立てるのが御時世だという国にいるせいで、パロマー氏には、なにか主張する前に決まって三度、言葉をかみしめる習慣が身についてしまった。もし三度めに言葉を反芻する段になっても、今から自分の言おうとしていることに納得がいくようなら、それを口に出すし、でなければ黙っている。実際、それで何週間も何か月もまるまる無言のまま過ごすこともある。

沈黙をまもるのが望ましい機会にはけっして事欠かないが、それでも、恰好のときに言おうと思えば言えた何かを口に出さなかったことを、パロマー氏が悔やむような場合も、稀とはいえ、あることはある。自分の考えが事実によって裏付けられたあとになって、あのとき、自分の考えを表明していたら、現実に起きたことに、たぶん、わずかながらも何がしか好ましい影響を与えることができたのに、と気づくことがあるのだ。そんな場合、かれの心は、自分の考えは正しかったのだという嬉しさと、必要以上に慎重すぎたことからくる後悔とに引き裂かれてしまう。この想いは、どちらも、かれが言葉で表現してみようかという気持ちに駆られるほど激しいものだ。だが、三回、いや六回、言葉をかみしめてみると、自分には、自慢する理由も後悔する理由も何もありはしないことがはっきりとする。

考えが正しかったからといって、それは何もりっぱなことではないのだ。統計学的に見れば、凡庸だったり、突飛だったりする考えがぼんやり山ほどあるなかに、ひとつくらい的を射た、天才的ともいえるものが混じっているのはあたりまえだ。もっとも、それとて自分に巡ってきたくらいだから、きっとほかの誰かにも、ひと足先に巡ってきている可能性は充分にある。

さらに疑わしいのは、自分の考えを表明しなかった点についての判断である。誰もが沈黙している時代に、無言の多数派に同調するのは、たしかに罪悪である。誰もが饒舌な時代に、肝腎なのは、正論を吐くことではない。正論は押し寄せる言葉の波に紛れてしまうからだ。それより、言われる事柄に最大限の価値を与えるべく、然るべき前提に基づき、然るべき結果を想定した上で、口を開くことだ。だが、そうすると、ある主張の価値は、その主張がなされる話の中でのつながり具合や矛盾のなさにあるわけで、可能な選択はといえば、とめどなく話すか、けっして口を開かないかのどちらかしかない。前者の場合、パロマー氏にはっきりしているのは、自分の思考は直線に展開せず、蛇行して、迷いながら否定や修正を繰り返しているうちに、主張の正当性が失われてしまうだろうということである。もう一方の選択肢、これは話す技術よりはるかに困難な黙る技術を必要とする。

事実、他人が用いる言葉を拒絶するという意味では、沈黙もまたひとつの話だと見なすことができるのだ。しかし、この沈黙という話の意味は、度重なる中断の中にこめられている。つまり、時々は口にされることによって、黙されていることにひとつの意味を与えることにあるのだ。

あるいは、むしろ、沈黙というものは、もっとふさわしい場面で用いられるときに備えて、特定の言葉を排除したり、温存しておくのに役立つのかもしれない。ちょうど、今しがた口をついた一言が明日の百言を節約することになる場合がありうるように、あるいは、その一言のために、さらに千の言葉を費やす羽目になるかもしれないようにである。

「言葉をかみしめるたびに」

パロマー氏は心の中で結論を下す。

「これから言おうとすることや言わないことばかりでなく、言うと言わざるとにかかわらず、いつかは自分か他人の口から言われたり言われなかったりすることについても洩らさず考えておかなければなるまい」

こう考えがまとまると、かれはその言葉をかみしめ、相変わらず沈黙をまもる。

Ⅲ・2・2　若者に腹を立てることについて

あるとき、老人の若者に対する我慢と若者の老人に対する我慢とが限界に達してしまい、老人たちは、いつかは若者たちに身の程を知らせてやろうと言いたいことを山ほどためこむ一方だし、若者たちはといえば、これを機会に老人たちが何もわかっていないということを思いしらせてやろうと待ち構えるばかり。そんなとき、パロマー氏には口をはさむこともできない。たまに口をはさもうとするのだが、みんな自説をまもるのに夢中なあまり、自分のためにかれがはっきりさせようとしていることになど耳を貸そうともしない。

ほんとうはかれだって、自分の正当性を主張するよりは、あれこれ質問したいのかもしれない。けれど誰もわざわざ自分の話題から逸れたくないのはわかっている。別の話題からくる質問に答えようとすれば、同じことをもう一度別の言葉で考えなおしたり、場合によっては、確実な筋道を離れ、未知の領域に踏みこまざるをえなくなるだろう。

さもなければ、かれが望んでいるのは、そうした質問を他人がかれに仕向けてくることかもしれない。だが、かれにしたところで、うれしいのは特定の質問だけで、それ以外ではあるまい。つまり、質問といっても、これなら自分に話せる気がする事柄を口にすれば答になるような、それでいて、誰かが話してくれと頼むときにだけ、話すことができるようなものである。いずれにしても、かれに何かたずねようなどとは、誰ひとり思いもしない。

そんなわけでパロマー氏は、若者たちに話しかけることの難しさについて、ひとりであれこれ思い悩むばかりである。

かれは思う。

「この難しさは、わたしたちとかれらとのあいだに埋めつくせない溝があるせいなのだ。わたしたちの世代とかれらの世代とのあいだで何かが起きて、体験の継続性に断絶が生じてしまった。もう共通の話題はないのだ」

それから、こうも考える。

「いや、困難が生じるのは、かれらに非難や批判を浴びせたり、助言や忠告を与えようとするたびに、自分も若いころは、同じ類いの非難や批判や助言や忠告を招いては、それに耳を貸そうとしなかったものだ、と考えてしまうためだ。時代が違うせいで、行動や言葉も風俗もずいぶんと異なるけれど、当時のわたしの精神構造は、今のかれらとたいして変わらない。だから、まったく偉そうな口をきくわけにはいかないのだ」

パロマー氏は、このふたつの問題のとらえ方で延々と考えあぐねている。やがてかれは決心する。

「ふたつの立場に矛盾はない。世代間の連続性に断絶が生じるのは、体験を伝えることで、かつて自分たちが犯した過ちから他人を救うことができないためなのだ。両世代間のほんとうの隔たりは、生物学的遺伝として伝達される動物の行動にみられるような、同一体験の周期的反復をせざるをえない、両世代が共有するいくつかの要素によってもたらされる。ところが、わたしたちとかれらとがほんとうに異なる要素は、いつの時代にもつきものの不可逆的変化の結果なのだ。つまり、わたしたちがかれらに伝えた歴史的遺産、たとえ気づかないことはあっても、わたしたちが責任を負うべき真の遺産から生まれてくる。だからわたしたちには何も教えることがないのだ。自分たちの体験に酷似していることに感化は与えられない。自分たちの痕跡をとどめているからといって、その中に自分たちの姿を認めるわけにはいかないのだ」

Ⅲ・2・3　きわめつけのモデル

パロマー氏の生涯には、自分なりにこんな規則を定めていた時期がある。まず、頭のなかで、できるだけ幾何学的で論理的な完璧なモデルをひとつ組み立てる。次に、そのモデルが経験上観察しうる現実の事例に適応するかどうか吟味する。最後に、モデルと現実とが合致するように、必要な修正を施す。この手続きは数学や宇宙の構造を究明する自然科学者や天文学者たちの手で練り上げられたものだが、これがパロマー氏にとっては唯一、社会問題や何が最善の統治方法かという問題をはじめとする、人間が抱える複雑きわまりないさまざまな問題に立ち向かうことを可能にするものに思えたのだった。怪物じみた破滅的な様相を呈するだけの、無定形で狂った人間社会の現実を一方に見据え、同時に、直線や曲線、楕円や平行四辺形、縦軸と横軸からなるグラフといった、明確な線によって描かれる完璧な社会組織のモデルをも考慮に入れることができなければならなかった。

ひとつのモデルを組み立てるためには、――パロマー氏にはわかっていたのだが――何かから出発しなければならない。つまり、演繹的に自分の思考を導くためには、いくつかの原則が必要になる。こうした公理とか公準とかもよばれる原則は、われわれが選択するまでもなく、あらかじめ備わっているものなのだ。あらかじめ備えていなければ、思考をはじめることさえできないと考えられるからである。したがって、パロマー氏だって原則を備えていたのだが、数学者でも論理学者でもない自分はそれを定義しようとは思わなかったのだ。とはいえ、演繹はかれの得意な活動のひとつだった。特に道具もいらないし、場所も時も選ばず、ソファーに座りながらでも、散歩をしながらでも、ひとり黙って没頭できるからである。だが帰納法に対しては何かしら不信感を抱いていた。それは、たぶん、かれが自分の経験を大雑把で偏ったものだと感じていたせいかもしれない。だからかれにしてみれば、ひとつのモデルを組み立てることは、(眠っていた)原則と(捕らえがたい)経験とが奇跡的に均衡することなのだ。しかも、その結果は、どちらと比べてもはるかに揺るぎない確実性を帯びるはずだった。実際、上出来のモデルでは、歯車がひとつ狂えばすべてが停止してしまう機械のように、細部の一つひとつが他の細部に左右され、全体が徹底した一貫性を保っているはずである。それが、変更の余地のない完璧な機能を有する究極のモデルなのだ。ところが現実のほうは、よく見ると、至るところで軋みを生じ狂っている。そうなると、後は、いささか乱暴でも、現実がなんとかモデルに合うようにするしかない。

長いあいだ、パロマー氏は、大切なのは図案の描線のおだやかな調和だけだというような、超然として物に動じない境地に到達しようと努めてきた。モデルに一致するために人間の現実が蒙らざるをえない苦悩や歪みや抑圧といったものは、すべて一過性の些細な災難とみなされなければならなかった。だが一瞬でも理想的なモデルの世界に描かれた調和のとれた幾何学図形をみつめることをやめると、相も変わらず怪物じみた悲惨な人間の風景が忽然と立ち現われ、図案の描線が歪んでよじれてみえてくるのだった。

そんなとき必要とされたのは、段階的修正を施すことによって、モデルを想定される現実に、現実をモデルに、それぞれ近づけるという微妙な調整作業である。実際、人間は生まれながらに柔軟だといっても、最初パロマー氏が予想したほど際限がないわけではなく、そのかわり、もっとも精巧なモデルでさえ、なにかしら思いもかけない順応性を示すことが起こりうる。要するに、モデルが現実を変えられないときには、やむをえず現実のほうがモデルを変えることができるのかもしれない。

パロマー氏の規則は徐々に変更を加えられてきたものなのだ。今かれに必要なのは無数の多様なモデルである。組み合わせ作業の必要に応じて個々に変換が可能なら、それ自体が常に時間も場所もさまざまな夥しい現実の集積である、ひとつの現実にぴったりのモデルを発見できるからだ。

その間、パロマー氏は自分でモデルを開発したわけでも、苦心して既存のモデルを適用しようとしたわけでもない。大きく開いてゆく一方に見える現実と原則との隔たりを埋めようと、適正なモデルの的確な用法を想像するだけだった。結局、モデルの操作や管理を可能にする方法は、かれの手に負えるものでも、かれが口を出せるものでもなかったのである。そうしたことは、普通、まるでかれとは異質な連中がやることにきまっている。別の規準に基づいて、その機能性を判断するわけだ。つまり、人びとの生活における原則や結果に基づくよりは、わけても権力の道具としての判断を下すのである。モデルが準拠しようとするのも、やはりひとつの権力装置である以上、これは至極当然のことだ。しかし、この装置の効力が不死身の持続力で測られるなら、モデルは、部厚い壁が外界をさえぎる一種の城砦になってしまう。権力者や反権力者に最悪の事態しか期待しないパロマー氏は、ほんとうに重要なのはかれらの存在にもかかわらず起こる事柄だと確信するようになった。慣習や考え方、行動様式や価値観の中に、ゆっくりと人知れず音もなく、社会が整えつつある形態こそが重要なのだ。だとすれば、パロマー氏が夢見る究極のモデルは、クモの巣のように華奢で透明そのものの一定数のモデルを獲得するのに役立つにちがいない。もしかしたら、それらのモデルを解体するどころか、究極のモデルそのものが解体してしまうかもしれない。

そうなるとパロマー氏に残された道は、頭の中からモデルと究極のモデルを抹消することしかない。それができてはじめてかれは、均質化のできない扱いにくい現実に一対一で向かい合い、かれなりに是非や異議を唱えることになる。そのためには、頭は空っぽのほうがいい。経験の断片と、立証不可能な暗黙の原則とが記憶として装塡されているだけでいい。この方針は、なにもかれが特別な満足を味わうためのものではなく、唯一かれに実行可能なものなのだ。

社会の腐敗や悪人たちの悪事を暴くのが必要なだけなら、かれに躊躇はない(もっとも、話題にされすぎると、ほんとうに正しいことまでが、くどくどと言い古された自明のこととして聞こえかねない、という危惧はある)。それよりかれにとって厄介なのは、解決方法について何か言うことだ。それは、かれが、その解決方法が腐敗や悪事を助長しないことを最初に確かめようと思うからである。啓蒙された改革者たちによって賢明に準備されたものでも、後で継承者たちによって損なわれることなく実行に移されるとは限らない。継承者といっても、ひょっとしたら愚かだったり、ぺてん師だったり、その両方とも兼ね備えているかもしれないからだ。

あとは、この素晴らしい考えを体系的なかたちで示すだけなのだが、ある不安がかれをとらえる。

だが、もし究極のモデルが出てきたら？

それでかれは確信を流動的なままにして、そのつど検討することにする。そして、するかしないか、選ぶか捨てるか、話すか黙るかといった自分の日常行動について、暗黙の規則をつくることにする。

Ⅲ・3　パロマー氏の瞑想

Ⅲ・3・*1*　世界が世界をみつめている

知識人であるがゆえに思い出すのもばからしい不運なことが続いてからというもの、パロマー氏は自分の大事な行動は事物を外から眺めることかもしれないと考えることにした。弱い近視で、注意力も散漫で内向的なかれは、性分からいえば、よく観察者とよばれるタイプの人間の仲間にはみえない。それなのに、しばしばある種の物（石塀や、貝の身、一枚の葉やティーポット）の姿が自分に微視的で拡散的な注意を促しているように思えることがあった。そういうときは、ほとんど何も考えずにそれらを観察するのだった。かれの視線は細部をくまなく走りはじめ、もうそこから離れられなくなる。これからは注意を二倍にしなければと決意するのだった。まず、事物が自分に届けてくるそうした呼び声から心をそらさないようにすること。それから、観察するという作業にその事物が価する重要性を与えること。

　そこまでくると第一の危機的段階が襲う。これ以後世界が自分に眺める事物の無限の豊かさを見せてくれることが確かになると、パロマー氏は、自分の身のまわりに起こることを余さず注視してみようとする。だがそれが自分に何の快感も味わわせてはくれないことがわかると、そこで止めになる。続いて、眺めるべき事物は限られたいくつかにすぎないと納得したうえで、そのいくつかを探さねばならないという第二の局面が訪れる。だが、そうするためにはその都度、選択や除外とか優先順位といった問題に直面しなければならない。すると早晩、自分の自我と自我にかかわるすべての問題との板ばさみになるといつもそうなるように、自分がなにもかも台無しにしつつあることに気づく。

　しかし自我を切り離して何かをみつめるなんてどうしたらできるのだろう？　みつめる目は誰のものなのだろう？　ふつうは、「私」といえば、自分の目から窓の敷居からと同じように顔をのぞかせ、自分の前に限りなくひろがる世界をみつめる者だと考えられる。つまり、世界に面した窓があるわけだ。向こうには世界がある。するとこちら側には？　ほんの少し集中してみるだけで、パロマー氏は眼の前の向こう側から世界を移動させて、敷居にその姿をのぞかせるようにすることができるのだ。そうなると窓の外には、何が残るのだろうか？　そこにもやはり世界がある、もっとも、この場合、みつめる世界とみつめられる世界とに二分されてはいるけれど。だが、「私」ともよばれるかれ、つまりパロマー氏は？　かれもまた世界の半分をみつめている世界のもうひとつの半分の一員ではないのか？　それとも、窓のこちら側の世界と向こう側の世界とがあるとすれば、「私」とは、ひょっとしたら、それを通じて世界が世界をみつめる窓に他ならないということになる。自らをみつめるために世界がパロマー氏の眼を（そして眼鏡を）必要としているのだ。

だからこれから先、パロマー氏は事物を内側からではなく外側からみつめることになるだろう。だが、それだけではない。かれは自分の内部からではなく外部から来る視線で事物をみつめることになるだろう。パロマー氏は早速、実験をしてみようとする。今や、みつめるのはかれではなく、外をみつめる外部の世界なのだ。こう決めてかれはすべてが変貌するのを期待してあたりに視線をめぐらせる。冗談じゃない。かれを取り囲んでいるのはいつもの何の変哲もない灰色だ。何もかも最初からやり直さなければ。外をみつめるのが外部であるだけでは駄目なのだ。みつめるモノに繫がる軌道が基点としなければならないのは、みつめられるモノからなのだ。

無言の事物のひろがりから記号も、呼びかけも、目くばせも出発しなければならない。ひとつのモノはなにかを意味しようとして他のモノたちから分かれる……だが何を？そのモノ自体をだ。ひとつのモノは、それら自体以外の何ものをも意味しないモノたちに混じって、そのモノ自体以外の何ものをも意味しないと確信できるときにのみ、他のモノたちによってみつめられることに甘んじるのだ。

こういった機会はたしかに頻繁にあるわけではないにせよ、いずれにしても遅かれ早かれ姿を現わすにはちがいない。世界が同じ瞬間に、みつめ、そして、みつめられるのを望むような幸運の一致が起き、その中を通りすぎている自分にパロマー氏が気づくのを待てばよいのだ。もしかしたら、パロマー氏は待つことさえしてはいけないのかもしれない。なにしろ、こうした事はあまり人が期待していないときにかぎって起きるものだから。

Ⅲ・3・*2*　鏡の宇宙

パロマー氏は隣人との関係がうまくいかないことにひどく悩んでいる。言うべきことが何かを正確に見抜いたり、人それぞれに正しい対応の仕方を見つける才能に恵まれた人びとがうらやましくみえるのだ。居合わせる人誰とでも気軽に、そして相手も気詰まりにはしない人というのがいるものだ。人びとのあいだを気楽に行動しながら、身を守ったり、距離を置くべきときと、好感や信頼を勝ち取るべきときとを即座に理解してしまう。他人に最善を尽くし、他人もそれに応えて最善を尽くそうという気にさせる。ひとりの人物が自分との関係において、そして一般に、どれほどの人物かをすぐに計算することのできる人がいるものなのだ。

「こうした才能は」

それを持ち合わせない者の悔しさを感じながらパロマー氏は思う。

「世界と調和して生きる者に授けられるのだ。そういった連中には、人間とだけでなく、事物や場所、状況や機会とだって、天空の星座の運行や、分子の原子結合とだって、当然のようにうまくやっていくことができるものだ。わたしたちが宇宙と呼んでいる、あのおびただしい同時発生的事象も、有害な惑星群の軌道を避け、有益な光線だけをすばやくかすめ取り、無限の帰結の連鎖や置換、組み合わせのあいだのどんな微細な間隙をも縫ってするりと身をかわす術を知っている幸運な人間を打ちのめすわけにはいかない。宇宙を愛する者にとって、宇宙は友人なのだ。どう転んでも」パロマー氏は溜息をつく。「わたしがそんなふうになれるはずはないじゃないか！」

かれはそうした連中の真似をしてみようと心に決める。これから先、わが隣人たる人類とはもちろん、銀河系のはるか彼方の螺旋とも協調してやっていけるようにかれは全力を傾けるだろう。まず手始めに、隣人と問題を抱えすぎているパロマー氏としては、宇宙と自分との関係を改善しようと努めることになるだろう。自分の同類との交際を遠ざけ最小限にする。頭の中にしゃしゃりでてくる存在をはじきだし、頭の中を空にする習慣をつける。夜には星空を観察する。天文学の書物を読む。宇宙の恒星空間という思考に馴染み、それが自分の精神装置にとって常備手段となるようにする。それから、思考が、もっとも近い事物ともっとも遠い事物とを同時にとらえるように訓練する。パイプに火をつけるときには、次のひと息でマッチの火がボールの奥底までゆきわたり、タバコの葉がゆっくりと真っ赤に変わりはじめるように注意を怠らないのはもちろん、一瞬たりとも、その同じ瞬間、つまり数百万年前から大マゼラン雲に誕生しつつあるひとつの新星の爆発を自分に忘れさせないようにしなければならない。この宇宙ではすべてがたがいに結びあい呼応しあっているのだという考えをけっして忘れることはない。蟹座星雲の変化に富んだ光度や、アンドロメダ星雲の球状星団の密集は、かれのレコード・プレーヤーの働きや、サラダの皿にのったクレソンの葉のみずみずしさになにか影響をおよぼさぬはずはないのだ。

時空間のなかに浮かぶ現在と未来の出来事のあいだで、空白のなかに漂うモノたちの無言のひろがりのただ中にあって、正確に自分の位置を限定できたと思えたら、パロマー氏は、その宇宙の知恵をかれの隣人との関係に応用するときが来たのだと心を決める。急いで社会に復帰して、知人や友人、仕事の上のつきあいを回復し、人とのきずなや愛情を注意深く意識しなおしてみる。ようやく自分の前にひろがる風景がくっきりと、一点の曇りもなく澄んだ人間的なものに見えてくるような気がする。その風景のなかでなら、正確で落ち着いた身ぶりで行動できるはずだ。しかし、ほんとうにそうだろうか？

いや、まったくそうはならないのだ。はじまるのは、誤解や疑心暗鬼や妥協、思うにまかせない態度表明といったものにがんじがらめになってしまうことだ。いちばんくだらない問題が悩みの種になり、もっとも深刻なはずの問題が薄っぺらになってしまう。自分の言うこと為すことすべてが場違いで恰好のつかない、優柔不断なものに映る。いったい、何がうまくいかないのだろう？

つまりは、こういうことなのだ。星を眺めることでかれは、自分が匿名の実体もないひとつの点だと思い、自分の存在を忘れることにさえ慣れてしまったのだ。今、人間たちとつきあうためには、自分自身をもその仲間に入れて考えないわけにはいかないし、かといってその自分自身がどこにいるかが今のかれにはわからないのだ。どんな人物に対するときでも、人はその相手との関係で自分が占める位置を知らねばならないし、その他者の存在が自分の中に呼び起こす反応——反発や好感、半ば自発的な、あるいは半ば強制的な優越感、好奇心や不信感や無関心、支配か服従か、師弟関係、演劇を演ずる側に立つのか、観客の側に立つのか——については、確信をもつべきだろう。その上で、自分と他者の反応に基づいて、自分たちの試合に適用すべきゲームの規則や、双方の持ち駒の動きを決める必要があるのだ。いずれにしても、まず相手の観察をはじめる前に、自分が何者であるかを充分に知る必要はあるだろう。隣人を知るためには、特にその必要がある。どうしても充分な自己認識を経なければならないからだ。まさにこの点がパロマー氏には欠けているわけだ。しかし、必要なのは認識だけではない。自分の性向や行為を拘束したり抑圧するのではなく、それを統御し支配しながら自在に使いこなす可能性ともいうべき、持ちあわせの手段と目的との合致、そして、この点での理解も必要なのだ。言葉や仕草、そのどれをとっても的確で自然だとパロマー氏を感心させる人びとは、宇宙との関係が平穏である以前に、自分自身との関係が平穏なのだ。自分が好きになれないパロマー氏は、これまでいつも自分自身と顔をつきあわせないようにしてきた。わざわざ銀河に逃げ場を求めたのも、そのせいだ。だが、こう考えてくると、心の平和をみつけることからはじめなければならないのがかれには解る。きっと宇宙は自分のことだけでのんきに暮らしていけるのだろう。かれ、パロマー氏がそうはいかないのは確かだ。

するとかれに残された道はこうだ。つまり、これから先、かれは自分を知ることに心を傾け、自分の心の地図を探り、魂の運動曲線をたどり、そこから公式や定理を抽出するだろう。そのとき、かれの望遠鏡が目指す先は、星座の軌道ならぬ、かれの人生が描く航跡であるだろう。

「わたしたちは、自分を飛び越して、何もわたしたちの外部について知ることはできない」

今、かれは思う。

「宇宙は、わたしたちが自分のなかで学び知ったことだけを瞑想することのできる鏡なのだ」

ここに至って、知恵を求めるかれの旅の新しい局面も終わりを迎える。ようやくかれの視線は自分の内面を自由に動き回るだろう。そして、何を見ることになるのだろう？自分の内面の世界が、かれの眼には、なにか輝く螺旋の果てしない静かな曲線に映るのだろうか？　性格や運命を決定する抛物線と楕円の上を無言で漂う星や惑星たちを見るのだろうか？　中心に〈私〉をもち、しかもその中心がどこでもありうるような無限の円周を有する球体を見つめることになるのだろうか？

パロマー氏は眼を開く。眼に映るものはこれまで毎日眼にしてきたものに思える。通りは、ゴツゴツした高い壁のあいだを相手の顔に眼もくれず、他人を押しのけながら先を急ぐ人びとでいっぱいだ。星空は、油の足らない継ぎ目のいたるところでガタピシ軋む故障した機械のように、断続的に輝きを放っている。あれは、絶え間なく揺らぎねじれるかれという宇宙の前哨点なのだ。

Ⅲ・3・3　うまい死に方

パロマー氏は、今から死んだふりをしてみようと心に決める。自分のいない世界がどんな具合に進むか見てみようというわけだ。しばらく前からかれは、自分と世界との関係が以前のようにはいかなくなってしまったことに気づいていた。昔は自分と世界とは持ちつもたれつだと思えたのに、それが今は、お互い良きにつけ悪しきにつけ、期待を寄せあう必要がどこにあったのかも、絶えず不安にかられながらそんな期待を抱きつづけたのはどうしてなのかも、さっぱり思い出せないのだ。

そんなわけで今パロマー氏は、世界は自分のために何を用意してくれるだろうか、などと頭を悩ませることも二度となくなって、ほっとしているにちがいない。それに世界のほうだって、もうかれのことを気にかけずにすむようになって、ほっとしているはずだ。ところが、そんな安心感を味わえるかもしれないという予感が、かえってパロマー氏を不安にする。

要するに、死んでいるというのは見かけほどやさしくはないのだ。第一に、死んでいるということを、存在しないということと混同してはならない。存在しないということは、(一見、死につづく果てしない時間のひろがりと対称をなすようにみえるが)生まれる前の無限の時間のひろがりをも支配する状態なのだ。実際、わたしたちは、生まれる前であれば、実現するしないはともかく、無限の可能性の一端を担っている。ところが一旦死んでしまうと、(全面的に帰属しながら、もはや何の影響力も行使できない)過去においても、(わたしたちの影響を受けているのに、手を下すことはかなわない)未来においても自分の力を存分に発揮することはできなくなる。パロマー氏の場合、何かあるいは誰かにかれが影響を及ぼす能力といっても常に取るに足らないものだったから、実のところ、事はもっと単純である。世界がかれなしで充分やっていけるとなれば、かれは日頃の習慣を変えるまでもなく、心から安心して自分を死者とみなすことができるわけだ。問題は、かれの行動における変化ではなく、かれという存在、もっと正確には、かれが世界との関係において存在していることにおける変化である。それまでかれにとって世界といえば、かれを一員とする世界を意味していたものが、今は、かれぬきの世界を加えたかれ自身の問題になっている。

かれぬきの世界とは、苦悩の終わりを意味することになるのだろうか？　かれの存在や反応などおかまいなく、物事がかれとは関係ない規則や必要や理由に従って生じる世界なのだろうか？　波が崖を洗い、岩を穿つ。また波が押し寄せてくる。次から次へと。そこにかれがいようといまいと、すべては起こりつづける。死者の慰みとはこんなものなのかもしれない。わたしたちの存在という不安のしみが取り除かれ、太陽の下で静かに悠然と物事が生じ繰り広げられていく。すべてが静かなのか、静まりつつあるのか、暴風も地震も火山の噴火さえも。しかしかれがそこにいたときだって、世界はこうではなかっただろうか？　あらしが過ぎ去ったあとの静けさをはらみ、波という波が岸に砕け、風が凪いでしまう瞬間を用意してはいなかっただろうか？　もしかしたら死んでいるということは、波が永遠に波のままでしかない大海原の中で過ごすことなのかもしれない。だから海が静まるのを待っていても無駄なのだ。

死者のまなざしは、いつもどこかすがるようだ。場所も状況も動機も、たいてい昔から馴染みのものだから、そうとわかれば常になにやら満ち足りた気分になる。だが同時に、多少の差はあれ、さまざまな変化に気づくようにもなる。そうした変化は、論理的一貫性をもった展開に即したものなら、それ自体それなりに受け入れられもしようが、独善的で歪んでいるために不愉快にさせられることもある。特に、いつも自分で必要と認められる修正を施すことに心をくだいてきた人間が、死者となったいま、それがままならない、といったときがそうである。そんなときは、渋々迷惑そうな態度になるものだが、一方で、肝腎なのは過去の自分の経験で、それ以外は大袈裟に考えるべきではない、と弁えている人間にありがちな傲慢さも透けてみえる。その上、ある支配的な感情がきまってあらわれて、すべての思いを圧倒する。これは、あらゆる問題が他人の問題、つまり他人事だとわかっていることからくる落ち着きなのだ。これから先、間違っても思い煩うことなどないのだから、死者にとっては何もかもがまったくどうでもよいことのはずである。それではモラルに反するとお考えの向きもあろうが、この無責任さにこそ死者たちは喜びを見いだすものなのだ。

パロマー氏の精神状態が今描写した状態に近づけば近づくほど、死者でいるという思いつきが自然なことに思えてくる。もちろん、死者特有のものだとかれが考える無我の境地も、あらゆる解釈を超える理性も、異次元につながるトンネルと覚しき固有の境界からの脱出口も、まだ発見したわけではない。時折、やる事為す事すべてに過ちを犯す他人の姿を見るにつけ、自分もかれらの立場なら同じ間違いを犯しはするだろうが、それが間違いだと気づきはするだろう、と考えることがある。生涯、自分につきまとって離れることのなかった、そんな苛立ちから解放されたような錯覚を抱くことがあるにはある。が、解放などまったく覚束ない。そこでかれは、自分や他人の過ちが許せないのは、いかなる死をもってしても償うことのできない過ちと一緒に永遠に繰り返されることなのだ、だから、ともかく慣れることだ、と考えることにする。死者でいるということは、パロマー氏にとって、もはや変化の望みの持てない最終局面にいる自分自身の姿を眺めつづけることからくる失望に慣れることを意味している。

生きているという条件が死者でいる状態にもたらしうる利点をパロマー氏が軽んじているわけではない。ただ、それは常にかなりの危険を伴うわりに恩恵の長続きしない未来の方向においてではなく、自分の過去のかたちを改良する可能性の方向においてである(ただし、自分の過去に満足しきっている場合、問題にするのは余りにつまらない)。ひとりの人物の生涯は出来事の集合だが、その最後の出来事が集合全体の意味を変えることだってありうるだろう。それが先行するいくつかの出来事以上に重要だからではなく、一旦人生に巻き込まれると、出来事はひとつの時間順序に配列されず、内的建築に応える秩序で配置されるからだ。たとえば大人になって書物を読むとき、それが自分にとって大切であれば、こう言うだろう。

「今まで読まずによく生きてこられたものだ」

そしてまたこうも言うだろう。

「若いときに読んでおかなかったなんて、もったいないことをしたものだ！」

ところで、こんなふうに断言してみることに大した意味があるわけではない。とりわけ後者のほうは。なぜなら、その書物を読んだ瞬間から、この男の人生は、その書物を読んだことのある者の人生になるわけで、読んだ時期が早いとか遅いとかいうことはどうでもいいようなことなのだ。なにしろそれを読む以前の人生も、今はこの読書体験に縁取りされたかたちをまとっているのだから。

これが死者でいることを学ぼうとする人間にとってもっとも難しい段階である。つまり、自分の人生がすべて過去に向かって閉ざされた集合体であり、そこにはもはや何も付け足すことはできないし、さまざまな要素間の関係図式の変更に着手するわけにもいかないのだ、と悟ることである。もちろん、生きながらえる者たちは、かれらなりに変更を加えてきた経験に基づいて、死者たちの人生にまで変更を及ぼし、以前にはなかったものや、別の様式をとっていたかに見えたものにかたちを与えることができる。たとえば違法行為によって譴責《けんせき》されてきた人物を正当な反逆者だと認定したり、ノイローゼとか精神錯乱とかといった非難を一身に浴びてきた者を詩人や予言者だといって讃えたりもできる。しかし、これは生きている者にだけ関わる変更である。かれら、死者たちがこれによって得をすることはまずない。人間一人ひとりは、自分が経験したことと、その生き方とによって形成されるが、誰もそれを奪うことはできない。苦しみながら生きた者は、苦しみによって作られているものだし、誰かがその苦しみをかれから奪おうとすれば、それはもうかれではなくなってしまう。

そこでパロマー氏は、気難しい死者になろうと決心する。今のままの自分でいろと宣告されるのは耐えがたいが、かといって、たとえ重荷であっても自分自身の何物をも諦める気にもなれないのだ。

もちろん後世に、せめて自分自身の一部が存続することを保障してくれる装置をあてにすることもできる。この装置はふたつに大別できる。遺伝的資質と呼ばれる、自身の一部を子孫に伝えることを可能にする生物学的装置と、平凡きわまりない人間でさえ受けとめて蓄積する経験を、多少の差こそあれ、生きながらえる者の記憶や言語の中に伝えることを可能にする歴史的装置である。このふたつのメカニズムは、世代の連続というものを何世紀も何千年もつづくひとりの人間の生涯のいくつかの局面だと考えるなら、ひとつの装置だとみなすこともできる。しかしそれでは問題の解決を先に延ばすことにしかならない。かれという個人の死から、どんなに遅くともいずれは起こるかもしれない人類の全滅まで。

自分の死について考えているうちに、パロマー氏の思いは、人類最後の生存者たちと、かれらの派生物や子孫たちへと向かっていく。荒廃した無人の地球上でどこかの惑星からやって来た探険者たちが、ピラミッドの象形文字や電子計算機のパンチカードに記録された手がかりを分析している。人類の記憶が灰の中から蘇り、宇宙の住居地帯にひろがっていく。こうして延長に延長を重ねてついに消滅し虚空の中に消え去るときがやって来る。そのとき、生の記憶の最後の物質的支えは、熱した閃光に解体するか、不動の秩序を有する冷気の中で、その原子を結晶化させてしまうだろう。

「もし時間に終わりがあるのなら、一瞬一瞬、時間を記述することができる」

とパロマー氏は思う。

「けれどどの瞬間も、それを記述しようとすると、そのときにはもう終わりが見えなくなるほど拡散してしまう」

人生の一瞬一瞬を記述することをはじめよう、そしてすべての瞬間を記述し終えるまでは、死者でいることについて考えることはすまい、と心に決める。

その瞬間、かれは死を迎える。

解　説

本書は、イタロ・カルヴィーノ（一九二三―八五年）が生前みずからの手で完成した最後の作品集『パロマー』（*Palomar*, Einaudi, 1983）の全訳である。一九八八年に松籟社から刊行されたが、今回、本文庫に収めるにあたっては、作者の歿後まとめられた全集第二巻（Calvino, *Romanzi e Racconti*, vol. 2, Mondadori, 1992）を参照した。

＊

中年男性、職業不詳、家族は妻と娘一人、パリとローマにアパートを所有。これがパロマー氏の身上書である。

「知識人であるがゆえに思い出すのもばからしい不運なことが続いてからというもの、パロマー氏は自分の大事な行動は事物を外から眺めることかもしれないと考えることにした」（Ⅲ・3・*1*）

一九五六年、いわゆるハンガリー動乱の評価をめぐって共産党と袂を分かった際、心ない批難を投げつけられたり、六八年には、叛乱する学生たちに共感を示したことでパゾリーニと気まずくなった経験をもつ作者カルヴィーノに似て、パロマー氏も、どうやら知識人であるがゆえに厭な思いを幾度も味わってきたらしい――そこから、物事を「外から眺める」ことを生活の中心にすえたパロマー氏の物語ははじまっている。

避暑地で、都会の喧騒のなかで、そして沈黙のなかで、パロマー氏は目を凝らす。波ひとつ、女性の乳房、惑星や月に、チーズやゴリラに、メキシコの遺跡や竜安寺の石庭に、そしてなによりも、ひとりの男性、パロマー氏自身に、じっと目を凝らす。そのまなざしは、老人のようでも、少年のようでもある。どこか懐かしく親密な、それでいて世界の終わりを見てしまったみたいな静謐な絶望感が漂っている。それはパロマー氏が充実した孤独を生きている証だ、と言えなくもない。

だが実のところ、パロマー氏は世界を見ている自分を見ている世界のまなざしに気づいている。見る主体と見られる客体という安定した関係に寄りかかっているわけにはいかないのである。だからパロマー氏はいつもどっちつかずの優柔不断な状態のまま、ともかくも自我と世界との境界を越えてみようとする。見る「私」と見られる「私」とが同一の地平にあるところに立てば、なにか純粋な「私」を確かめることができるかのように。

カルヴィーノがみずから編んだ唯一の評論集『水に流して』(一九八〇年、邦訳・朝日新聞社、二〇〇〇年)の表紙には、巨大な球体に追いかけられながら、大きなワニを追って、坂道を痩せこけた馬に跨り駆ける騎士のすがたが描かれている。分断され、ねじれた夥しい線分が絡まり合ったその絵の中では、すべてが静止している。描かれたものたちを見つめる作者の視線がストップモーションを要請しているようだ。

じっと立ち止まって世界に目を凝らしていると、意識の中に、ふっと立ちあらわれる空白の夢――それはパロマー氏が手操り寄せようとしていた瞬間と同じものかもしれない。

その絵の作者ソウル・スタインバーグについてふれた「一人称のペン」と題されたエッセーのなかで、カルヴィーノはこう言っている。

「美術は(……)潜在的世界の視覚的形象化の仮説かもしれない。しかも、わたしたちが提示者・提示物・観客の三役を引き受けざるをえない世界の恒久的提示に対する批評、視覚的対象として与えられる世界についての反省かもしれない」

スタインバーグによって線に変形した世界、つまりは線と化した人間が、紙による囚われの身でありながら描かれた世界を支配しているのは、作者が「私」と世界との境界を越えて曖昧な領域に踏み込んでいるからだ。そしてパロマー氏も、もしかしたらカルヴィーノという名の作者も……

＊

カルヴィーノが急逝して十六年が過ぎたいま、作家が遺した未発表のテクストと、そしてそれ以上に大量の、一度どこかに掲載され、いずれ何らかの作品集としてまとめられるはずだったテクストとが、冒頭に挙げた第二巻をふくむ五巻本の全集に収められたおかげで、ぼくらのパロマー氏の出自をめぐる謎も少しずつ解けてきた。

パロマー氏がはじめて読者の眼にふれたのは、一九七五年八月一日。大手日刊紙『コッリエーレ・デッラ・セーラ』のいわゆる文芸欄紙上である。以後、足掛け三年間、およそ三十回にわたって、パロマー氏は、ミラノの日刊紙に登場しては、口ごもりながら観察と瞑想と、そして絶望を語ることになる。そのあと五年ばかり行方をくらますのだけれど、八三年夏、七月二十九日、次いで八月二十五日と、今度はローマの日刊紙

『ラ・レプッブリカ』に二度すがたを現わすことになる。それぞれ「剣のなかで泳ぐこと」「星を無駄にしないために」と題された二篇のテクストは、だが実質的には、まもなく十一月十九日付で出版される作品集の予告に等しいものだった。

こうして刊行された、ふつうなら連作短篇とよばれるであろう一連のテクスト群は、結局、既発表の十六篇（コッリエーレ紙から十篇、レプッブリカ紙から六篇）に、未発表の十篇、それにポンピドゥー・センターの機関紙（*Cnac Magazine*, Juillet-Août 1982）に掲載された一篇（「世界が世界をみつめている」）の計二十七篇から成っている。

件の全集第二巻の編者クラウディオ・ミランニによれば、カルヴィーノが晩年の五年間を送ったローマ・ヴェネツィア広場を見下ろす住まいから、末尾に「一九八三年」と記されたタイプ原稿四枚が歿後しばらくして発見されたという。巻末に収載されたその創作ノートこそ、『パロマー』誕生の経緯を知る手がかりである。

そこには、パロマー氏に双子の兄弟モホール氏がいて、前者がもっぱら外界の事物に目を凝らし反省をつづける寡黙な瞑想の人物であるのとは対照的に、後者は、事物の裏側や人間の内面に潜む、それも不快な真実を好んで抉りだす饒舌で露悪趣味の人物として構想されていたことが明かされている。だが実際には、パロマー氏と向き合ううち、作家は、パロマー氏がモホール氏自身でもあることに思い至る。パロマー氏の暗部にモホール氏はすでに棲みついていたと気づいたという。この時点で、作品集『パロマー』の構成はゆるぎないものとなったのである。

こうしてカルヴィーノは再度パロマー氏と対面する。すべてを読み返した作家は、パロマー氏の物語を次のように要約する。

「ひとりの男が一歩一歩、知恵に到達しようと歩みはじめる。まだ辿りついてはいない」

この言葉を最後に、創作ノートは終わっている。

*

それにしても、パロマー氏とは何者なのだろう――と、あらためて思う。

一九五〇年代のトリノとおぼしき大都会でほろ苦い毎日を送るマルコヴァルドさん（邦訳『マルコヴァルドさんの四季』岩波書店）の面影もなくはない。自分の眼に映る物事を観察し、そこからわが身をふり返るという点ではたしかに似ている。けれどパロマー氏のほうが、はるかに複雑な人間で、それに何より、〈書かれていない〉世界を、つまり徹底して文字を排除した世界を〈書物〉を読むように丹念に言語化しようとするのだから、やはりマルコヴァルドさんとは異なっている。

そう、パロマー氏の世界には、謎めいたままでに書物が登場しない。というより、完璧に排除されているのだ。それは、作品集に収めるにあたって、新聞紙上に発表されたものから、たとえば『オデュッセウス』の書名を消したり、北斎の名を削ったりしているという事実に端的にあらわれている。

〈白紙《タブラ・ラサ》〉のまま、目を凝らすこと――それが、パロマー氏、そしてカルヴィーノの択んだ〈世界を読む〉方法なのだ。

＊

この作品集を文庫に収めるにあたっては、『むずかしい愛』につづいて、今回も岩波文庫編集部の山腰和子さんにお世話になった。心からお礼申し上げる。

二〇〇一年秋

和田忠彦

パ ロ マ ー　カルヴィーノ作

2001 年 11 月 16 日　第 1 刷発行
2020 年 3 月 13 日　第 5 刷発行

訳 者　和田忠彦《わだただひこ》

発行者　岡本 厚

発行所　株式会社 岩波書店
〒101-8002 東京都千代田区一ツ橋 2-5-5

案内 03-5210-4000　営業部 03-5210-4111
文庫編集部 03-5210-4051
https://www.iwanami.co.jp/

印刷 製本・法令印刷　カバー・精興社

ISBN 4-00-327094-0　Printed in Japan

読書子に寄す

――岩波文庫発刊に際して――

岩　波　茂　雄

真理は万人によって求められることを自ら欲し、芸術は万人によって愛されることを自ら望む。かつては民を愚昧ならしめるために学芸が最も狭き堂宇に閉鎖されたことがあった。今や知識と美とを特権階級の独占より奪い返すことはつねに進取的なる民衆の切実なる要求である。岩波文庫はこの要求に応じそれに励まされて生まれた。それは生命ある不朽の書を少数者の書斎と研究室とより解放して街頭にくまなく立たしめ民衆に伍せしめるであろう。近時大量生産予約出版の流行を見る。その広告宣伝の狂態はしばらくおくも、後代にのこすと誇称する全集がその編集に万全の用意をなしたるか。千古の典籍の翻訳企図に敬虔の態度を欠かざりしか。さらに分売を許さず読者を繫縛して数十冊を強うるがごとき、はたしてその揚言する学芸解放のゆえんなりや。吾人は天下の名士の声に和してこれを推挙するに躊躇するものである。このときにあたって、岩波書店は自己の責務のいよいよ重大なるを思い、従来の方針の徹底を期するため、すでに十数年以前より志して来た計画を慎重審議この際断然実行することにした。吾人は範をかのレクラム文庫にとり、古今東西にわたって文芸・哲学・社会科学・自然科学等種類のいかんを問わず、いやしくも万人の必読すべき真に古典的価値ある書をきわめて簡易なる形式において逐次刊行し、あらゆる人間に須要なる生活向上の資料、生活批判の原理を提供せんと欲する。この文庫は予約出版の方法を排したるがゆえに、読者は自己の欲する時に自己の欲する書物を各個に自由に選択することができる。携帯に便にして価格の低きを最主とするがゆえに、外観を顧みざるも内容に至っては厳選最も力を尽くし、従来の岩波出版物の特色をますます発揮せしめようとする。この計画たるや世間の一時の投機的なるものと異なり、永遠の事業として吾人は微力を傾倒し、あらゆる犠牲を忍んで今後永久に継続発展せしめ、もって文庫の使命を遺憾なく果たさしめることを期する。芸術を愛し知識を求むる士の自ら進んでこの挙に参加し、希望と忠言とを寄せられることは吾人の熱望するところである。その性質上経済的には最も困難多きこの事業にあえて当たらんとする吾人の志を諒として、その達成のため世の読書子とのうるわしき共同を期待する。

昭和二年七月

《法律・政治》〔白〕

人権宣言集　高木八尺・末延三次・宮沢俊義編
新版 世界憲法集 第二版　高橋和之編
君主論　マキアヴェッリ　河島英昭訳
フィレンツェ史 全二冊　マキァヴェッリ　齊藤寛海訳
リヴァイアサン 全四冊　ホッブズ　水田洋訳
ビヒモス　ホッブズ　山田園子訳
法の精神 全三冊　モンテスキュー　野田良之・稲本洋之助・上原行雄・田中治男・三辺博之・横田地弘訳
ローマ人盛衰原因論　モンテスキュー　田中治男・栗田伸子訳
第三身分とは何か　シィエス　稲本洋之助・伊藤洋一・川出良枝・松本英実訳
完訳 統治二論　ジョン・ロック　加藤節訳
寛容についての手紙　ジョン・ロック　加藤節・李静和訳
ルソー 社会契約論　桑原武夫・前川貞次郎訳
フランス二月革命の日々—トクヴィル回想録　トクヴィル　喜安朗訳
アメリカのデモクラシー 全四冊　トクヴィル　松本礼二訳
犯罪と刑罰　ベッカリーア　風早八十二・五十嵐二葉訳
ヴァジニア覚え書　T・ジェファソン　中屋健一訳
リンカーン演説集　高木八尺・斎藤光訳
権利のための闘争　イェーリング　村上淳一訳
民主主義の本質と価値 他一篇　ハンス・ケルゼン　長尾龍一・植田俊太郎訳
法における常識　P・G・ヴィノグラドフ　末延三次・伊藤正己訳
近代国家における自由　H・J・ラスキ　飯坂良明訳
外交談判法　カリエール　坂野正高訳
危機の二十年—理想と現実　E・H・カー　原彬久訳
ザ・フェデラリスト　A・ハミルトン　J・ジェイ　J・マディソン　斎藤眞・中野勝郎訳
マッツィーニ 人間の義務について　齋藤ゆかり訳
モーゲンソー 国際政治—権力と平和 全三冊　原彬久監訳
現代議会主義の精神史的状況 他一篇　カール・シュミット　樋口陽一訳
第二次世界大戦外交史 全二冊　芦田均
憲法講話　美濃部達吉
日本国憲法　長谷部恭男解説

《経済・社会》〔白〕

政治算術　ペティ　大内兵衛・松川七郎訳
ケネー 経済表　平田清明・井上泰夫訳
チュルゴオ 富に関する省察　永田清訳
国富論 全四冊　アダム・スミス　水田洋監訳　杉山忠平訳
道徳感情論 全二冊　アダム・スミス　水田洋訳
コモン・センス 他三篇　トーマス・ペイン　小松春雄訳
ロバート・マルサス初版 人口の原理　ロバート・マルサス　高野岩三郎・大内兵衛訳
経済学における諸定義　マルサス　玉野井芳郎訳
オウエン自叙伝　ロバアト・オウエン　五島茂訳
経済学および課税の原理 全二冊　リカードウ　羽鳥卓也・吉澤芳樹訳
農地制度論　フリードリッヒ・リスト　小林昇訳
戦争論 全三冊　クラウゼヴィッツ　篠田英雄訳
自由論　J・S・ミル　塩尻公明・木村健康訳
女性の解放　J・S・ミル　大内兵衛・大内節子訳
大学教育について　J・S・ミル　竹内一誠訳
ユダヤ人問題によせて ヘーゲル法哲学批判序説　マルクス　城塚登訳
経済学・哲学草稿　マルクス　城塚登・田中吉六訳
新編輯版 ドイツ・イデオロギー　マルクス　エンゲルス　廣松渉編訳　小林昌人補訳
マルクス エンゲルス 共産党宣言　大内兵衛・向坂逸郎訳

賃労働と資本　マルクス　長谷部文雄訳

賃銀・価格および利潤　マルクス　長谷部文雄訳

マルクス 経済学批判　武田隆夫・遠藤湘吉・大内力・加藤俊彦訳

マルクス 資本論 全九冊　エンゲルス編　向坂逸郎訳

文学と革命 全二冊　トロツキイ　桑野隆訳

ロシア革命史 全五冊　トロツキー　藤井一行訳

空想より科学へ ―社会主義の発展　エンゲルス　大内兵衛訳

家族・私有財産・国家の起源　エンゲルス　戸原四郎訳

帝国主義論 全二冊　ホブスン　矢内原忠雄訳

帝国主義　レーニン　宇高基輔訳

金融資本論 全二冊　ヒルファディング　岡崎次郎訳

ローザ・ルクセンブルク 獄中からの手紙　秋元寿恵夫訳

雇用、利子および貨幣の一般理論 全二冊　ケインズ　間宮陽介訳

シュムペーター 経済発展の理論 全二冊　塩野谷祐一・中山伊知郎・東畑精一訳

租税国家の危機　シュムペーター　木村元一・小谷義次訳

恐慌論　宇野弘蔵

経済原論　宇野弘蔵

ユートピアだより　ウィリアム・モリス　川端康雄訳

社会科学と社会政策にかかわる認識の「客観性」　マックス・ヴェーバー　富永祐治・立野保男訳　折原浩補訳

プロテスタンティズムの倫理と資本主義の精神　マックス・ヴェーバー　大塚久雄訳

職業としての学問　マックス・ウェーバー　尾高邦雄訳

社会学の根本概念　マックス・ヴェーバー　清水幾太郎訳

職業としての政治　マックス・ヴェーバー　脇圭平訳

古代ユダヤ教 全三冊　マックス・ヴェーバー　内田芳明訳

宗教と資本主義の興隆 ―歴史的研究 全二冊　トーニー　出口勇蔵・越智武臣訳

未開社会の思惟 全二冊　レヴィ・ブリュル　山田吉彦訳

社会学的方法の規準　デュルケム　宮島喬訳

世論 全二冊　リップマン　掛川トミ子訳

王権　A・M・ホカート　橋本和也訳

鯰絵 ―民俗的想像力の世界　C・アウエハント　小松和彦・中沢新一・飯島吉晴・古家信平訳

贈与論 他二篇　マルセル・モース　森山工訳

国民論 他二篇　マルセル・モース　森山工編訳

ヨーロッパの昔話 その形と本質　マックス・リュティ　小澤俊夫訳

《自然科学》〔青〕

科学と仮説　ポアンカレ　河野伊三郎訳

改訳 科学と方法　ポアンカレ　吉田洋一訳

エネルギー　オストヴァルト　山県春次訳

星界の報告 他一篇　ガリレオ・ガリレイ　山田慶児・谷泰訳

大陸と海洋の起源 ―大陸移動説 全二冊　ヴェーゲナー　都城秋穂・紫藤文子訳

ロウソクの科学　ファラデー　竹内敬人訳

種の起原 全二冊　ダーウィン　八杉龍一訳

実験医学序説　クロード・ベルナール　三浦岱栄訳

完訳 ファーブル昆虫記 全十冊　山田吉彦・林達夫訳

増訂新版 アルプス紀行　ジョン・チンダル　矢島祐利訳

数について ―連続性と数の本質　デーデキント　河野伊三郎訳

史的に見たる科学的宇宙観の変遷　アーレニウス　寺田寅彦訳

科学談義　T・H・ハックスリ　小泉丹訳

アインシュタイン 相対性理論　内山龍雄訳・解説

相対論の意味　アインシュタイン　矢野健太郎訳

自然美と其驚異　ジョン・ラバック　板倉勝忠訳

ニールス・ボーア論文集1 因果性と相補性　山本義隆編訳

ハッブル 銀河の世界　戎崎俊一訳

パロマーの巨人望遠鏡 全二冊　D・O・ウッドベリー　関正雄・湯澤博・成相恭二訳

生物から見た世界　ユクスキュル、クリサート　日高敏隆・羽田節子訳

ゲーデル 不完全性定理　林晋・八杉満利子訳

日本の酒　坂口謹一郎

生命とは何か ―物理的にみた生細胞　シュレーディンガー　岡小天・鎮目恭夫訳

行動の機構 ―脳メカニズムから心理学へ 全二冊　D・O・ヘッブ　鹿取廣人・金城辰夫・鈴木光太郎・鳥居修晃・渡邊正孝訳

ウィーナー サイバネティックス ―動物と機械における制御と通信　池原止戈夫・彌永昌吉・室賀三郎・戸田巌訳

《イギリス文学》〔赤〕

ユートピア　トマス・モア　平井正穂訳
完訳カンタベリー物語 全三冊　チョーサー　桝井迪夫訳
ヴェニスの商人　シェイクスピア　中野好夫訳
ジュリアス・シーザー　シェイクスピア　中野好夫訳
十二夜　シェイクスピア　小津次郎訳
ハムレット　シェイクスピア　野島秀勝訳
オセロウ　シェイクスピア　菅泰男訳
リア王　シェイクスピア　野島秀勝訳
マクベス　シェイクスピア　木下順二訳
ソネット集　シェイクスピア　高松雄一訳
ロミオとジューリエット　シェイクスピア　平井正穂訳
対訳シェイクスピア詩集 ―イギリス詩人選(1)　柴田稔彦編
失楽園 全二冊　ミルトン　平井正穂訳
ロビンソン・クルーソー 全二冊　デフォー　平井正穂訳
ガリヴァー旅行記　スウィフト　平井正穂訳
ジョウゼフ・アンドルーズ 全二冊　フィールディング　朱牟田夏雄訳

ウェイクフィールドの牧師 ―むだばなし　ゴールドスミス　小野寺健訳
幸福の探求 ―アビシニアの王子ラセラスの物語　サミュエル・ジョンソン　朱牟田夏雄訳
マンフレッド　バイロン　小川和夫訳
ワーズワース詩集　田部重治選訳
対訳ワーズワス詩集 ―イギリス詩人選(3)　山内久明編
湖の麗人　スコット　入江直祐訳
キプリング短篇集　橋本槙矩編訳
対訳コウルリッジ詩集 ―イギリス詩人選(7)　上島建吉編
高慢と偏見 全二冊　ジェーン・オースティン　富田彬訳
説きふせられて　ジェーン・オースティン　富田彬訳
エマ 全二冊　ジェーン・オースティン　工藤政司訳
対訳テニスン詩集 ―イギリス詩人選(5)　西前美巳編
虚栄の市 全四冊　サッカリー　中島賢二訳
床屋コックスの日記・馬丁粋語録　サッカレ　平井呈一訳
デイヴィッド・コパフィールド 全五冊　ディケンズ　石塚裕子訳
ディケンズ短篇集　小池滋　石塚裕子訳
炉辺のこほろぎ　ディケンズ　本多顕彰訳

ボズのスケッチ 短篇小説篇 全二冊　ディケンズ　藤岡啓介訳
アメリカ紀行 全二冊　ディケンズ　伊藤弘之・下笠徳次・隈元貞広訳
イタリアのおもかげ　ディケンズ　伊藤弘之・下笠徳次・隈元貞広訳
大いなる遺産 全二冊　ディケンズ　石塚裕子訳
荒涼館 全四冊　ディケンズ　佐々木徹訳
鎖を解かれたプロメテウス　シェリー　石川重俊訳
ジェイン・エア 全二冊　シャーロット・ブロンテ　河島弘美訳
嵐が丘 全二冊　エミリー・ブロンテ　河島弘美訳
教養と無秩序　マシュー・アーノルド　多田英次訳
アンデス登攀記 全二冊　ウィンパー　大貫良夫訳
テス 全二冊　ハーディ　井上宗次　石田英二訳
緑の木蔭 ―和蘭派田園画　トマス・ハーディ　阿部知二訳
緑の館 ―熱帯林のロマンス　ハドソン　柏倉俊三訳
ジーキル博士とハイド氏　スティーヴンスン　海保眞夫訳
プリンス・オットー　スティーヴンスン　小川和夫訳
新アラビヤ夜話　スティーヴンスン　佐藤緑葉訳
南海千一夜物語　スティーヴンスン　中村徳三郎訳

若い人々のために 他十一篇	スティーヴンスン	岩田良吉訳
マーカイム・壜の小鬼 他五篇	スティーヴンソン	高松雄一・高松禎子訳
怪談 —不思議なことの物語と研究	ラフカディオ・ハーン	平井呈一訳
心 —日本の内面生活の暗示と影響	ラフカディオ・ハーン	平井呈一訳
サロメ	ワイルド	福田恆存訳
嘘から出た誠	ワイルド	岸本一郎訳
人と超人	バーナード・ショー	市川又彦訳
分らぬもんですよ	バァナード・ショウ	市川又彦訳
ヘンリ・ライクロフトの私記	ギッシング	平井正穂訳
南イタリア周遊記	ギッシング	小池滋訳
闇の奥	コンラッド	中野好夫訳
コンラッド短篇集		中島賢二編訳
対訳 イエイツ詩集		高松雄一編
月と六ペンス	モーム	行方昭夫訳
読書案内 —世界文学	W・S・モーム	西川正身訳
人間の絆 全三冊	モーム	行方昭夫訳
夫が多すぎて	モーム	海保眞夫訳
サミング・アップ	モーム	行方昭夫訳
モーム短篇選 全二冊		行方昭夫編訳
アシェンデン —英国情報部員のファイル	モーム	中島賢二・岡田久雄訳
お菓子とビール	モーム	行方昭夫訳
荒地	T・S・エリオット	岩崎宗治訳
悪口学校	シェリダン	菅泰男訳
パリ・ロンドン放浪記	ジョージ・オーウェル	小野寺健訳
カタロニア讃歌	ジョージ・オーウェル	都築忠七訳
動物農場 —おとぎばなし	ジョージ・オーウェル	川端康雄訳
対訳 キーツ詩集 —イギリス詩人選(10)		宮崎雄行編
キーツ詩集		中村健二訳
阿片常用者の告白	ド・クインシー	野島秀勝訳
20世紀イギリス短篇選 全二冊		小野寺健編訳
イギリス名詩選		平井正穂編
タイム・マシン 他九篇	H・G・ウエルズ	橋本槇矩訳
透明人間	H・G・ウエルズ	橋本槇矩訳
トーノ・バンゲイ 全二冊	ウェルズ	中西信太郎訳
愛されたもの	イーヴリン・ウォー	中村健二・出淵博訳
イギリス民話集		河野一郎編訳
フォースター評論集		小野寺健編訳
白衣の女 全三冊	ウィルキー・コリンズ	中島賢二訳
対訳 英米童謡集		河野一郎編訳
灯台へ	ヴァージニア・ウルフ	御輿哲也訳
船出 全二冊	ヴァージニア・ウルフ	川西進訳
夜の来訪者	プリーストリー	安藤貞雄訳
イングランド紀行 全二冊	プリーストリー	橋本槇矩訳
アーネスト・ダウスン作品集		南條竹則編訳
スコットランド紀行	エドウィン・ミュア	橋本槇矩訳
ヘリック詩鈔		森亮訳
たいした問題じゃないが —イギリス・コラム傑作選		行方昭夫編訳
英国ルネサンス恋愛ソネット集		岩崎宗治編訳
文学とは何か —現代批評理論への招待 全二冊	テリー・イーグルトン	大橋洋一訳
D・G・ロセッティ作品集		南條竹則・松村伸一編訳

《アメリカ文学》〔赤〕

- ギリシア・ローマ神話 付インド・北欧神話 — ブルフィンチ 野上弥生子訳
- 中世騎士物語 — ブルフィンチ 野上弥生子訳
- フランクリン自伝 — 松本慎一 西川正身訳
- フランクリンの手紙 — 蕗沢忠枝編訳
- スケッチ・ブック 全二冊 — アーヴィング 齊藤昇訳
- アルハンブラ物語 全二冊 — アーヴィング 平沼孝之訳
- ウォルター・スコット邸訪問記 — アーヴィング 齊藤昇訳
- ブレイスブリッジ邸 — アーヴィング 齊藤昇訳
- 完訳 緋文字 — ホーソーン 八木敏雄訳
- 哀詩 エヴァンジェリン — ロングフェロー 斎藤悦子訳
- 黒猫・モルグ街の殺人事件 他五篇 — ポオ 中野好夫訳
- 対訳 ポー詩集 —アメリカ詩人選(1) — 加島祥造編
- ユリイカ — ポオ 八木敏雄訳
- ポオ評論集 — 八木敏雄編訳
- 森の生活 (ウォールデン) 全二冊 — ソロー 飯田実訳
- 市民の反抗 他五篇 — H・D・ソロー 飯田実訳
- 白鯨 全三冊 — メルヴィル 八木敏雄訳
- ビリー・バッド — メルヴィル 坂下昇訳
- 幽霊船 他一篇 — ハーマン・メルヴィル 坂下昇訳
- 対訳 ホイットマン詩集 —アメリカ詩人選(2) — 木島始編
- 対訳 ディキンソン詩集 —アメリカ詩人選(3) — 亀井俊介編
- 不思議な少年 — マーク・トウェイン 中野好夫訳
- 王子と乞食 — マーク・トウェーン 村岡花子訳
- 人間とは何か — マーク・トウェイン 中野好夫訳
- ハックルベリー・フィンの冒険 全二冊 — マーク・トウェイン 西田実訳
- いのちの半ばに — ビアス 西川正身訳
- 新編 悪魔の辞典 — ビアス 西川正身編訳
- ビアス短篇集 — 大津栄一郎編訳
- ヘンリー・ジェイムズ短篇集 — 大津栄一郎編訳
- あしながおじさん — ジーン・ウェブスター 遠藤寿子訳
- 赤い武功章 他三篇 — クレイン 西田実訳
- シカゴ詩集 — サンドバーグ 安藤一郎訳
- 熊 他三篇 — フォークナー 加島祥造訳
- 響きと怒り 全二冊 — フォークナー 平石貴樹・新納卓也訳
- アブサロム、アブサロム! 全二冊 — フォークナー 藤平育子訳
- 八月の光 全二冊 — フォークナー 諏訪部浩一訳
- ブラック・ボーイ —ある幼少期の記録 全二冊 — リチャード・ライト 野崎孝訳
- オー・ヘンリー傑作選 — 大津栄一郎訳
- 小公子 — バアネット 若松賤子訳
- 黒人のたましい — W・E・B・デュボイス 木島始・鮫島重俊・黄寅秀訳
- アメリカ名詩選 — 亀井俊介・川本皓嗣編
- 魔法の樽 他十二篇 — マラマッド 阿部公彦訳
- 青白い炎 — ナボコフ 富士川義之訳
- 風と共に去りぬ 全六冊 — マーガレット・ミッチェル 荒このみ訳
- 対訳 フロスト詩集 —アメリカ詩人選(4) — 川本皓嗣編

《東洋文学》〔赤〕

- 王維詩集 — 小川環樹・都留春雄・入谷仙介 選訳
- 杜甫詩選 — 黒川洋一 編
- 李白詩選 — 松浦友久 編訳
- 蘇東坡詩選 — 小川環樹・山本和義 選訳
- 陶淵明全集 全二冊 — 松枝茂夫・和田武司 訳注
- 唐詩選 全三冊 — 前野直彬 注解
- 完訳 三国志 全八冊 — 小川環樹・金田純一郎 訳
- 完訳 水滸伝 全十冊 — 吉川幸次郎・清水茂 訳
- 西遊記 全十冊 — 中野美代子 訳
- 菜根譚 — 洪自誠／今井宇三郎 訳注
- 浮生六記 —浮生夢のごとし — 沈復／松枝茂夫 訳
- 阿Q正伝・狂人日記 他十二篇 (吶喊) — 魯迅／竹内好 訳
- 家 全二冊 — 巴金／飯塚朗 訳
- 寒い夜 — 巴金／立間祥介 訳
- 駱駝祥子 —らくだのシアンツ — 老舎／立間祥介 訳
- 新編 中国名詩選 全三冊 — 川合康三 編訳
- 遊仙窟 — 張文成／今村与志雄 訳
- 聊斎志異 全二冊 — 蒲松齢／立間祥介 編訳
- 李商隠詩選 — 川合康三 選訳
- 白楽天詩選 全二冊 — 川合康三 訳注
- 文選 全六冊（既刊五冊） — 川合康三・富永一登・釜谷武志・和田英信・浅見洋二・緑川英樹 訳注
- タゴール詩集 (ギーターンジャリ) — タゴール／渡辺照宏 訳
- マハーバーラタ ナラ王物語 —ダマヤンティー姫の数奇な生涯 — 鎧淳 訳
- バガヴァッド・ギーター — 上村勝彦 訳
- 朝鮮民謡選 — 金素雲 訳編
- 尹東柱詩集 空と風と星と詩 — 金時鐘 編訳
- アイヌ神謡集 — 知里幸惠 編訳
- アイヌ民譚集 付 えぞおばけ列伝 — 知里真志保 編訳

《ギリシア・ラテン文学》〔赤〕

- ホメロス イリアス 全二冊 — 松平千秋 訳
- ホメロス オデュッセイア 全二冊 — 松平千秋 訳
- イソップ寓話集 — 中務哲郎 訳
- アンティゴネー — ソポクレース／中務哲郎 訳
- ソポクレス オイディプス王 — 藤沢令夫 訳
- ヒッポリュトス —パイドラーの恋 — エウリーピデース／松平千秋 訳
- バッカイ —バッコスに憑かれた女たち — エウリーピデース／逸身喜一郎 訳
- ヘシオドス 神統記 — 廣川洋一 訳
- アリストパネース 蜂 — 高津春繁 訳
- 女の議会 — アリストパネース／村川堅太郎 訳
- アポロドーロス ギリシア神話 — 高津春繁 訳
- 黄金の驢馬 — アープレーイユス／呉茂一・国原吉之助 訳
- アベラールとエロイーズ 愛の往復書簡 — 沓掛良彦・横山安由美 訳
- オウィディウス 変身物語 全二冊 — 中村善也 訳
- ギリシア奇談集 — アイリアノス／松平千秋・中務哲郎 訳
- ギリシア・ローマ神話 付 インド・北欧神話 — ブルフィンチ／野上弥生子 訳
- ギリシア・ローマ名言集 — 柳沼重剛 編
- ローマ諷刺詩集 — ペルシウス・ユウェナーリス／国原吉之助 訳
- 内乱 —パルサリア 全二冊 — ルーカーヌス／大西英文 訳

《南北ヨーロッパ他文学》〔赤〕

ダンテ 新生　山川丙三郎訳
抜目のない未亡人　ゴルドーニ　平川祐弘訳
珈琲店・恋人たち　ゴルドーニ　平川祐弘訳
夢のなかの夢　タブッキ　和田忠彦訳
カヴァレリーア・ルスティカーナ 他十一篇　G・ヴェルガ　河島英昭訳
ルネッサンス巷談集　フランコ・サケッティ　杉浦明平訳
むずかしい愛　カルヴィーノ　和田忠彦訳
カルヴィーノ アメリカ講義 ―新たな千年紀のための六つのメモ　米川良夫・和田忠彦訳
まっぷたつの子爵　カルヴィーノ　河島英昭訳
魔法の庭・空を見上げる部族 他十四篇　カルヴィーノ　和田忠彦訳
愛神の戯れ ―牧歌劇『アミンタ』　トルクァート・タッソ　鷲平京子訳
タッソ エルサレム解放　A・ジュリアーニ編　鷲平京子訳
わが秘密　ペトラルカ　近藤恒一訳
ペトラルカ 無知について　近藤恒一訳
美しい夏　パヴェーゼ　河島英昭訳
流刑　パヴェーゼ　河島英昭訳

祭の夜　パヴェーゼ　河島英昭訳
月と篝火　パヴェーゼ　河島英昭訳
ウンベルト・エーコ 小説の森散策　和田忠彦訳
バウドリーノ 全二冊　ウンベルト・エーコ　堤康徳訳
タタール人の砂漠　ブッツァーティ　脇功訳
七人の使者・神を見た犬 他十三篇　ブッツァーティ　脇功訳
ラサリーリョ・デ・トルメスの生涯　会田由訳
ドン・キホーテ 前篇 全三冊　セルバンテス　牛島信明訳
ドン・キホーテ 後篇 全三冊　セルバンテス　牛島信明訳
セルバンテス短篇集　牛島信明編訳
恐ろしき媒　ホセ・エチェガライ　永田寛定訳
作り上げた利害　ベナベンテ　永田寛定訳
エスピノーサ スペイン民話集　三原幸久編訳
エル・シードの歌　長南実訳
娘たちの空返事 他一篇　モラティン　佐竹謙一訳
プラテーロとわたし　J・R・ヒメーネス　長南実訳
オルメードの騎士　ロペ・デ・ベガ　長南実訳

父の死に寄せる詩　ホルヘ・マンリーケ　佐竹謙一訳
サラマンカの学生 他六篇　エスプロンセーダ　佐竹謙一訳
セビーリャの色事師と石の招客 他一篇　ティルソ・デ・モリーナ　佐竹謙一訳
ティラン・ロ・ブラン 全四冊　J・マルトゥレイ M・J・ダ・ガルバ　田澤耕訳
完訳 アンデルセン童話集 全七冊　大畑末吉訳
即興詩人 全二冊　アンデルセン　大畑末吉訳
絵のない絵本　アンデルセン　大畑末吉訳
ヴィクトリア　クヌート・ハムスン　冨原眞弓訳
フィンランド叙事詩 カレワラ 全二冊　リョンロット編　小泉保訳
イプセン 人形の家　原千代海訳
イプセン ヘッダ・ガーブレル　原千代海訳
令嬢ユリェ　ストリントベルク　茅野蕭々訳
ポルトガリヤの皇帝さん　ラーゲルレーヴ　イシガ オサム訳
アミエルの日記 全四冊　河野与一訳
クオ・ワディス 全三冊　シェンキェーヴィチ　木村彰一訳
おばあさん　ニェムツォヴァー　栗栖継訳
山椒魚戦争　カレル・チャペック　栗栖継訳

岩波文庫の最新刊

雲英末雄・佐藤勝明校注
花見車・元禄百人一句

多様な俳人が活躍する元禄俳壇を伝える二書。『花見車』は、俳人を遊女に見立てた評判記。『元禄百人一句』は、「百人一首」に倣って諸国の俳人の百句を集める。
〔黄二八四-二〕 本体八四〇円

近藤義郎著
前方後円墳の時代

弥生時代から前方後円墳が造られた時代へ、列島における階級社会形成の過程を描く。今も参照され続ける、戦後日本考古学を代表する一冊。（解説＝下垣仁志）
〔青N一二九-一〕 本体一三二〇円

佐藤進一著
日本の中世国家

律令国家解体後に生まれた王朝国家と、東国に生まれた武家政権。中世国家の「二つの型」の相剋を、権力の二元性を軸に克明に読み解く。（解説＝五味文彦）
〔青N一三〇-一〕 本体一〇一〇円

……今月の重版再開……

杉浦明平編
立原道造詩集

〔緑一二一-一〕 本体一〇〇〇円

イーヴリン・ウォー作／小野寺健訳
回想のブライズヘッド(上)(下)

〔赤二七七-二・三〕 本体八四〇円・九六〇円

西田幾多郎著
続思索と体験・『続思索と体験』以後

〔青一二四-三〕 本体九〇〇円